マドンナメイト文庫

はだかの好奇心 幼なじみとのエッチな冬休み

綿引 海

目次
contents

はだかの好奇心 幼なじみとのエッチな冬休み

第一章　三年ぶりの桃色リップ

1

実家の雨戸は動きが悪くなっていた。

芳樹《よしき》が力任せに引っ張ると、南向きの窓から陽光が射《さ》した。

(三年前まで住んでたのに、すごく久しぶりな気がする)

十五歳の少年にとって、三年前はひと昔前だ。

芳樹が小学六年生の卒業式を前に引っ越して、中学三年生の冬休みまで、この生家に入ったのは数えるほどだ。

明るくなった部屋に置かれたままの調度品や、壁にかけたまま色あせた、三年前のカレンダーが懐かしい。

（うちの引っ越しが急だったからな）

父の仕事であわただしく引っ越して以来、半年に一度くらいは芳樹の母が掃除をして風を通していたはずだが、庭に面したサッシには埃《ほこり》がたまっていた。

窓の向こうは冬の朝だ。

空気が澄んでいるから、高台にあるこの家から眼下に拡《ひろ》がる住宅街やゆっくりと通過していく電車、遠くにはちらりと海も見える。

サッシを開くと、冷たい風が流れこんできて、リビングにたまった半年前の空気と入れかわる。

「……お兄ちゃん？」

近所のテレビの音声みたいに、小さい声が聞こえた。

顔をあげると、伸び放題の生け垣の向こう側から、ぴょんぴょんとキツネのしっぽみたいなものが跳ねている。

よくみると人間の髪。それもツインテールにした少女の黒髪だ。

「えっ……まさか、菜摘《なつみ》ちゃん？」

近所に住んでいた女の子だ。三年会っていなくても名前は忘れない。

「やっぱり、お兄ちゃんだ。芳樹お兄ちゃんっ」

髪を束ねた、ピンクのボールがついたヘアゴムが、芳樹の記憶の奥に埋まっていた。

「わぁ、ほんとにお兄ちゃんなんだ。待ってて、そっちに行くから」

ツインテールのしっぽが生け垣の切れ間を移動していく。

(まさか、実家に戻って初日に菜摘ちゃんに会えるなんて)

芳樹は玄関まで小走りで戻った。

ドアをあけると、もう菜摘は家の前に立っていた。

「おかえりなさい。あと、あけましておめでとうございます」

少女の澄んだ声は、菜摘が小学三年生だったころと変わらない。

三年前には子供っぽいキンキン響く声質だったのに、今は耳に優しい声質なのが、成長なのだろうか。

「あたし、お兄ちゃんの家は通学コースだから毎日チェックしてたんだ」

昔から菜摘の自慢だったきれいな黒髪が垂れた、利発そうな額と、きゅっとあがった勝ち気そうな眉。その下にはくっきりした二重の目が、久しぶりにあった幼馴染み《おさななじ》の年上少年を見つめている。

(三年前はマセた子供って感じだったのに、すごい美少女に育ったたな)

アイドルグループにいてもおかしくない。

そういえば地元のダンスパーフォーマンスのスクールから、特待生でレッスンを受けないかと誘われていると聞いた。

お互いの家族の仲がよく、芳樹たち一家が引っ越したあとも、母親同士はＳＮＳのメッセージで、しょっちゅうやりとりをしているようだ。

引っ越したときの芳樹は自分のスマートフォンもアカウントも持っていなかったから、菜摘と直接連絡を取ったことはない。

「今日は冬休みだろ。なんでいるんだ」

あがっていいとも言っていないのに、菜摘は靴を脱いだ。

スニーカーのサイズが、記憶にあるものよりずっと大きい。

昔はキャラクターがプリントされたビニールの靴ばかりを履いていたのに、今は生成りの、おしゃれなバスケットシューズだ。

「んーと、お兄ちゃんがこっちに帰ってきてる気がしたの。運命の相手だから？」

口調は相変わらず子供っぽいが、身長はずいぶん伸びたようだ。

三年前は芳樹の胸のあたりに黒髪とつむじがあったのに、今は芳樹の唇の高さにツインテールの頭がある。

なによりも菜摘の成長を感じさせるのが、水色のパーカーを内側からちょこんと盛りあげた胸もとだ。

大人のように明確に存在を主張するバストではないが、明らかに男子とは違う、女の子の体形だ。

(小学六年生……っていうより、今年の春から中学一年生だもんなぁ)

第二次性徴を迎えて、大人の女になりはじめた、ほんの一瞬の、未成熟ならではのはかない美しさに、童貞の中学三年男子はどぎまぎする。

コンビニの肉まんを見ては女性のおっぱいを想像し、新聞に載っている大人向け週刊誌の広告の、白黒グラビアだけでも勃起する年ごろだ。

目の前にふくらみかけのバストを持った美少女がいるのだから緊張する。

ふたりきりの空気さえ、なんだか急に桃色に染まったようだ。

「お兄ちゃんたちは、またこっちに帰ってくるの？　だったら、うれしいな」

くるぶしまでの白無地のソックスで、ぺたぺたと廊下を進んでいく。

「わぁ、この絵、すっごい久しぶり。あーっ、あたしが落書きした壁だ」

もともと菜摘がこの家にあがったら、遠慮などする必要はない。

近所では家族ぐるみのつき合いで、幼稚園のころからしょっちゅう遊びに来ていた。

目をつぶっても歩けるに違いない。

太ももは細くて頼りないくせにぱんぱんに張っていて、クリーム色のゴム風船みたいだ。膝の裏側、ひかがみと呼ぶらしいけれど、浅いくぼみが歩くたびにきゅっと緊張する。

「ねえ、お兄ちゃん、この家、ちょっと寒いんですけど」

振り返ると、大げさにパーカーの二の腕を自分で抱いてみせる。

「おまえがそんなスカートはいてるからだろ」

さっきから芳樹の視線を釘づけにしていたのがデニムのミニスカートだ。

いくら冬でも薄着の小学生とはいえ、太ももを三分の一程度しか隠していない短い丈は、見ている芳樹がハラハラする。

おまけにお尻の下に伸びたデニムの生地は裾がダメージしあげになっていて、生地が薄くなって網目に近くなっているところもある。

きっと目を寄せて網目からのぞいたら、菜摘のパンティも見えてしまうだろう。

菜摘が居間に続く襖《ふすま》をあける。菜摘の家はすべてフローリングの洋間だからと、お気に入りだった和室だ。

「うーん、懐かしいな。和室の匂い」

三年前の引っ越しで家具類はほとんど運んでしまったから、がらんとした広い部屋の真ん中に掘りごたつが残されている。

芳樹の家族が越した先のマンションには掘りごたつなど不要だからそのまま置いてある。この実家にある唯一の暖房器具だ。

「あっ、あったかい。やっぱり掘りごたつっていいよね」

さっさとこたつ布団に脚と手を入れ、背中を丸める姿は気まぐれな猫みたいだ。

「お兄ちゃんもおいでよ」

菜摘に誘われて、芳樹は隣の角から掘りごたつに入った。

「懐かしいね。窓に向いたこたつの席。お兄ちゃんの定位置だった」

ふくらはぎに、ちょんと柔らかくてひんやりしたものが当たる。

ジーンズ越しでも菜摘のつま先だとわかる。足が触れたのはわざとか偶然か、菜摘はにこにこ笑って芳樹を見ているだけだからわからない。

「昔はこたつに入ると、お兄ちゃんがあたしを膝に乗せてくれたのにね」

芳樹はドキリとした。

(このこたつで、膝に菜摘ちゃんを乗せて……引っ越しの前の日に)

甘くて苦い思い出が蘇《よみがえ》る。

冬の空気に唇が乾燥しているようだ。つい唇を舐《な》めてしまう。

「昔は……ほら、菜摘がちびだったからだよ」

常に心の中では、菜摘ちゃんと呼んでいたけれど、恥ずかしくて本人の前では呼び捨てだった。

「お兄ちゃんが引っ越して三年だよ。あたしのこと、何回くらい思い出した？」

邪気のないまっすぐな視線で見つめられて、芳樹は女の子が喜ぶ答えを探すのに手間取った。

「あたしは、毎日。朝と夜」

「えっ」

からかわれていると思った。

「起きたら、お兄ちゃん、ちゃんと起きられたかな、って。寝るときは、お兄ちゃん、夜ふかししてないかな、って」

「そんな……ウソつくなよ」

毎日学校の友達に囲まれて楽しい少女が、引っ越して連絡も取れなくなった年上の幼馴染みを大事に思ってくれるはずはない。

「ほんとだよ。だってお兄ちゃんは、あたしの……はじめてのキスの相手だもん」

「……っ」

芳樹の背中がびくんと硬直する。

(やっぱり覚えてたのか)

引っ越しの前日、お別れを言いに来た菜摘は、いつもどおり掘りごたつの同じ辺に入っていた。

小学三年の少女と六年生の男子が並んで座ると、肌は密着する。幼稚園のころのように膝に菜摘を乗せることはできない。

お兄ちゃん、すぐに帰ってくるよね、また会えるよね、と連発して芳樹を困らせた。自分でも引っ越す先がどのくらい離れているか、よくわかっていなかったのだ。

そのときの菜摘の髪の、バニラアイスクリームみたいな甘い香りと、掘りごたつで密着していたショートパンツから伸びた太ももの感触は忘れない。

菜摘はたまにくしゅんと鼻をつまらせていたが、泣くことはなかった。

芳樹はなぐさめることも、すぐに帰るよなどと安心させることもできなかった。

三歳下の少女の、頼りないくせに同性とは違うしなやかさを持った肉体は、思春期の少年には刺激が強い。

緊張しっぱなしの時間がただすぎて、この掘りごたつの中ばかりが暑くて、西陽《にしび》に顔を照らされても動くことができなかった。

いよいよ日が暮れ、家に帰るという時間になって、菜摘が顔をあげた。

「お兄ちゃん、好きだよ」

そして小さな顔が迫ってきたと思うと、芳樹の唇に、ふにっと柔らかい感触が残ったのだ。

一瞬のできごとだった。菜摘にキスされたのだと実感したのは、芳樹がひとりで寝ていたときのことだ。

「なによ。まさか……忘れてるんじゃないでしょうね」

三年後に再会した十二歳の少女が、十五歳になった芳樹の顔をのぞきこむ。

「だってあれは子供のときの……いたずらみたいなものだったろ。菜摘こそ、忘れていると思って」

「忘れるわけ、ないじゃない」

迫ってきた菜摘の顔は、三年前よりずっと大人びていた。

そして唇には、しっかりと芯があった。

2

「ん……」

人生二度目のキスは、はじめてよりもずっと長く続いている。

菜摘の唇が芳樹の唇を撫《な》でるようにすりすりと滑る。

年上で身体だって大きい中学生が、小学生に翻弄されている。

ふたりとも目をあけたままだ。

芳樹は魔法にかけられたようで、まぶたすら動かせない。

菜摘は自分のキスに男子中学生がどう反応するのか、凝視している。

「ん……」

メレンゲでできていそうな、小さくてかわいい鼻から甘い声が漏れる。

さくらんぼみたいな唇が一瞬だけ離れた。芳樹は安心する。

いったんは離れた唇が開いたと思うとローズピンクの舌が現れ、芳樹の唇をぺろりと舐める。

「ひゃっ……ああっ」

濡れた舌先の優しい感触に、芳樹の背筋が伸びる。

男の唇を女が舌で舐める。童貞の十五歳が持っていたキスの知識には、存在しない行為だった。

「く……ああっ、菜摘、はああっ」

焦ったあまり、のけぞって顔をずらしてしまった。

「うふ……あのね、映画にあったやりかたなの。唇を舐めると、彼は一生、あなたのとりこよ、って外国の女優さんが言ってたの。お兄ちゃん、どうだった？」

感想を求められてもなにもいえない。

「三年だよ。ずっとお互いに連絡できなかった。だから、次にお兄ちゃんに会ったら、ぜったいに、ぜったいにあたしのこと、忘れられないようにしたかったの」

再会して数分での過激キスの理由はわかった。

意識をはっきりさせようと黙っていると、芳樹をまっすぐ見つめていた瞳が、じわあ……っと潤んでいく。

「ごめんなさい。あたしみたいな子供にキスされて……いやだった？」

うう……とうつむいて唇をとがらせる。

三年ぶりに暴走したのを後悔しているのだ。

への字にした口もとや、涙をこぼすまいと懸命にまぶたを開く表情は、あいかわらず子供のままだ。

四月には高校生になる芳樹が、キスごときでうろたえて菜摘を悲しませるわけにはいかない。

「いやなわけない。うれしいに決まってるよ。ちょっとびっくりしただけだよ」

大人ぶってみせたが、人生でキスは二度目。その相手はどちらも菜摘で、ほかの女性とはデートどころか告白すら未経験だ。

「よかった。じゃあ……お兄ちゃん、前みたいに、あたしのことを、ちゃんと女の子だって意識してくれてる？」

「前みたいに……？」

幼馴染みで菜摘が幼稚園のころから知っているし、小学生になったあたりから急速に美少女に育っていく過程を目にしてきた。

小学校高学年、思春期に入ってからは、同級生の女子が気になりつつも、常に菜摘と比べてしまっていた。そして……秘密だが、何度も、いや何百回も菜摘の裸を想像して自慰をしたこともある。

「えへへ。あのね、三年生のときは気がつかなかったんだけど」

さっきまで涙ぐんでいた菜摘が、えへへと楽しそうに身体を揺らす。

「はじめてキスしたとき、あたしのお尻に、お兄ちゃんの硬いのが当たってた」

「えっ……あっ」

当時の芳樹は第二次性徴期の半ばをすぎた小学六年生。まだ陰毛も生えていなかった時期だが、掘りごたつで幼馴染みの少女に密着されて興奮していた。

屹立《きつりつ》を隠そうと身体をひねっていたのに、菜摘は気づいていたのだ。

「あれって……課外の性教育で習ったよ。ボッキっていうんだよね？」

犯人を当てる名探偵みたいに追いつめられる。

「キスする前、あたしがくっついたら……おチ×チンを硬くしてた。もしお兄ちゃんがあたしをただの幼馴染みだと思ってたら、興奮しないよね？」

「それは……ううっ、よく覚えていないけど」

小学生探偵に問いつめられてしどろもどろだ。

なにしろ芳樹には自覚があるのだ。こたつで密着され、少女の甘い匂いを嗅いだとき、早く自慰をしたくてたまらなかった記憶がある。

「ねえ、お兄ちゃん、今はどうかな」

四角い掘りごたつの隣の辺にいる菜摘が天板に肩を当てて、下から芳樹の反応をうかがう。

水色のパーカーの襟元はゆるい。

成長期だから大きめサイズを着させられているのだろう。生地のフロントが垂れて、中がのぞく。

(うっ、菜摘ちゃんの胸もとが見えてる)

細い首と繊細な鎖骨のくぼみ、そして子供から女に成長する第一段階の、ふくらみかけのバストライン。

ネットで見る大人の丸い乳房とは違い、菜摘の小六バストは裾が広くて背が低い三角錐みたいなかたちだ。

(パーカーの下になにも着てないのかよっ)

Tシャツどころか、ジュニア用のブラジャーすらしていない。ちらりと一瞬、ストロベリーチョコみたいな桃色の突起が見えた。

(あれって菜摘ちゃんのおっぱい……だよな。ちょこんととがって、小さくて)

ぎんっと思春期の若肉が身を震わせる。

芳樹はベビーピンクの乳首を頭に焼きつける。

空き家になった実家の換気と掃除。忙しい両親に頼まれた気の進まない作業だったが、生まれてはじめて、母親以外の乳首を見ることができただけで、来てみたかいがある。

「ねえ、お兄ちゃんはあたしをどう思う？　ただの幼馴染み？」

つんっ、と掘りごたつの中で、菜摘のつま先が芳樹のふくらはぎをつつく。

「うう……菜摘は幼馴染みで……かわいい後輩、みたいな」

煮えきらない芳樹への攻撃は止まらない。

「あたしって、魅力……ないかな」

こたつの中では、小さな指が並んだつま先で、芳樹の脚を撫でる。

ソックス越しでもしっとりした少女の肌の感触がわかる。

こたつの外では、菜摘が身体を斜めにして芳樹の腕に頭を寄せる。

(気にしてないのか、本気でおっぱいを見せに来てるのか)

さっきより大きく開いたパーカーの胸もとから、小学六年の禁断バストがのぞける。

低い三角山みたいな未発達の乳房の尖端《せんたん》に、小さなボタンくらいの乳輪がある。

ごく淡い桜色の乳輪の中心に、ベビーピンクの乳頭がとがっていた。

大人のグラビアアイドルの、ボリュームのある巨乳も好きだ。大輪の南国の花みたいな濃いピンクの乳頭がピンと勃《た》って男を誘う画像を何度も見たことがある。

だが、菜摘のコーヒーソーサーを伏せたみたいな乳房と、その中心に飾られた控えめな小ささの乳首は、芳樹をどうしようもなく発奮させる。

「くうぅ、菜摘……っ」

芳樹は思わず肉づきの薄い肩に手をまわして、ぎゅっと引きよせてしまった。

小学六年生の体温に密着したい。肌の匂いを知りたい。

「あっ……お兄ちゃん、力が強い。びっくりしたあ……すっかり大人だね」

こたつの脚が邪魔だが、抱きよせた菜摘の身体はガラス細工みたいに繊細だ。

ツインテールの髪から、昔のバニラアイスみたいなジュニアシャンプーとは違う、フローラルな大人のシャンプーが香った。

渦巻いたつむじ。健康的な色の頭皮が見える。

シャンプーの人工香料とは違う、干し草みたいな元気少女の天然の香ばしさを嗅いで、芳樹の童貞肉はぐいっと力をみなぎらせた。

「あたし、わかっちゃった。お兄ちゃん、あたしに興奮してくれてる」

菜摘の手が伸びて、こたつ布団で隠しておいた勃起を包む。

「く……ああっ、菜摘、だめだよっ」

小さな手がジーンズの中で出番を待っていた肉茎に触れた。

「硬い。びくびくしてる。これって……あたしとエッチしたいってことでしょう？」

声は年上少年をからかっているみたいなのに、手は小刻みに震えている。菜摘も緊張しているのだ。

「あのね……あたし、ずっとお兄ちゃんを待ってた。うちのママから、お兄ちゃんがおうちの手入れにくるって聞いて、すごく楽しみだったの」

小さな手がジーンズごと屹立を上下にさする。

「く……あううっ、動かさないで」

厚手の生地だから物理的な刺激は少ない。けれど、幼馴染みのモデル級美少女が牡肉をさすっていると思うと、すぐに射精してしまいそうだ。

先走りがにじっと漏れて、下着を濡らしていく。

「あ……ん。またびくんって動いた」

磨いた桜貝みたいに輝く、ピンクの爪で飾られた細い指がファスナーをつまんでおろしていく。芳樹からは見えない。こたつ布団がもぞもぞと盛りあがるだけだ。

「くうぅ、だめだよ。まだ小学生なのに、そんな……」

中学三年生と小学六年生。まだ性的な行為をするには早すぎる、と授業で習ったのが刷りこみになっていて、犯罪に加担するような後ろめたさがある。

けれど、潤んだ瞳を芳樹の顔に向けたまま、菜摘の手は止まらない。

「小学生だから、なんなの？　好きな人を気持ちよくさせてあげたいだけなのに」

身体をすりよせてきた気まぐれ猫が、芳樹に甘える。

風もない静かな日だ。こたつ布団の中から、チ……チイィ、とファスナーが開く音が聞こえる。

「くううっ、まずいのに……勃ったままだなんて」

下着に閉じこめられていた若竿が、出口を求めて暴れている。

「ああ……菜摘っ、本気なんだ……」

ファスナーを全開にしてから、ジーンズのボタンを外された。

「本気だよ。だって、お兄ちゃんは冬休みしかいられないんでしょ？　忘れられなくしてあげる。あたし、三年間、めっちゃ勉強したんだよ、エッチなこと」

菜摘の顔が近い。こたつの天板にふくらみかけの乳房を預けるように伏せ、視線は芳樹の目から外さずに、手を動かしてジーンズの前をあけてしまった。

「お兄ちゃんのおチ×チンに、こんにちはって……したい」

菜摘の手がこたつ布団をはねのける。

掘りごたつで暖められていた童貞性器の湿気が立ちのぼる。

ぶるんっ。

勃起した牡肉が姿を現した。

「あっ、あ……ああん、なに、これ……」

菜摘が目を丸くする。

「パパや弟のと、ぜんぜん違う。すごく大きくて、上を向いて」

父親や弟とお風呂に入ったることはあるだろう。

平常時の男性器の姿は知っていても、猛《たけ》って上を向いた牡肉ははじめてなのだ。

けれど、菜摘は恐れているのではなかった。

「かっこいい……」

まるで魔法少女が持つ秘密のステッキを見るみたいに、瞳を輝かせていた。

3

はーっ、はーっと興奮を隠さずに、菜摘は勃起を凝視している。

こたつ布団を剝がれて、芳樹は下半身だけ裸で畳の上に座っている。

黒く茂った大人の毛の中心から、まだ女性を知らない薄茶色の肉茎が勃つ。尖端のつるつるした紅玉の割れ目から、たらりと先走りが漏れた。童貞とはいえ、もう立派に男の役目を果たせる角度と硬さだ。

「カッチカチになってる……棒みたい。男子ってみんな、こんなのがついてるんだ」

目をきらきらさせた美少女が、肉軸に手を伸ばした。

「ううっ、菜摘っ」

物心ついてから、はじめて性器を他人に触れられた。

少女の手の柔らかさ、温かさ、そしてしっとりと汗ばんだ肌の滑らかさがたまらない。自の手でしごくのとは段違いの快感だった。

菜摘は目をきらきらと輝かせて、肉茎をきゅっと握る。

「熱い。パパや弟のおチ×チンはだらんとしてるのに、お兄ちゃんのは硬いんだね」

はじめて勃起に触れて、羞恥心よりも好奇心が先に立っている。自分がどんなに積極的でエッチな行為をしているのか、自覚がないのだ。

「反り返ってる。この先っぽの穴から、赤ちゃんができるやつ……精子？　が出るんだよね」

性教育を受けたときの知識だろう。

「菜摘の手がすごく……気持ちいいっ」

堀ごたつで温められていた肉茎が外気で冷やされ、続いて体温の高い小学生の手で握られる。温度変化すら愛撫《あいぶ》になって、芳樹はのけぞってしまった。

手で握っただけで男性を翻弄できると知った六年生少女は、頬を紅潮させて、ぷりぷりと張った亀頭を凝視する。

「おチ×チン、触るだけでうれしいんだ。ふしぎ……」

色が薄い肉茎をしばらく手のひらで揉《も》んで硬さを確かめている。

「う……動かしたら、ああっ、すぐ……精液が出ちゃうよっ」

幼馴染みの小さな手で握られるだけで、どんどん快感がわいてくる。

先走りがとろりと一粒、二粒と漏れて菜摘の手を汚す。

「ああっ、恥ずかしいよ。あんまり見つめないで」

少女の視線が熱すぎて、芳樹のほうが恥ずかしい。

「うふ……なんだかキノコみたいになってる。ほら、逃げちゃだめ」

菜摘は顔を寄せてきた。

「あは……なんだか、子犬みたいな匂いがする」

興味津々で少年の穂先に鼻を近づける。

「あううっ、だめだ……また漏れちゃう」

小さな鼻の呼吸さえ、敏感な童貞亀頭には刺激になり、ぷくりと尿道口から先走りの玉ができる。

「わあ……おチ×チンのよだれだ。もっと、いろいろしてあげる」

年上の少年が恥ずかしがるのが楽しいらしい。

先走りで濡れた手がちゅくっ、ちゅくっと音をたてて上下に動きだす。

「あううっ、その動かしかた……いいっ」

自慰と同じ手しごきだ。菜摘がそこまで勉強したとは思えない。

「えい。えいっ。やっぱり好きなんだ。お兄ちゃんの脚がぴくぴくしてるもん」

菜摘はエッチな天使だ。

はじめて触れる男性器なのに、芳樹の反応を観察して愛撫を繰り出してくる。

ふたりが再会してからまだ二時間もたっていない。けれど、突然のキスから手での愛撫まで受けている。

「くうう。あのかわいかった菜摘ちゃんが、チ×ポを触ってくれるなんて」

心の声が言葉になって、名前をちゃんづけしてしまう。

菜摘は聞き逃さなかった。

「うふ。うれしい。呼び捨てだと後輩みたいだったから。これからは、菜摘ちゃんって呼んで」

「いやだよ、子供っぽい」

中学三年にもなって、小学生をちゃんづけしたくない。

芳樹が断ると肉茎からぱっと手が離れる。

「ふうん。じゃあ、もういじってあげない」

エッチな天使が、エッチな小悪魔に変身だ。

菜摘は先走りでぬらぬらと光る亀頭に口を寄せると、ふぅっと息を吹きかけた。

「く……あああっ、チ×ポが溶けるぅ」

ただ触らないだけなら、まだがまんできたろう。

だが少女の温かくて湿った吐息が亀頭冠をくすぐる瞬間、微弱電流みたいな快感が走って、芳樹の下半身が弛緩《しかん》する。

「きゃっ、息を吹きかけただけで、すっごくうれしそう。ほら……もう一回」

今度は唇をすぼめて、ぷっと強く息を吹かれた。

吐息に混じって、唾液が細かい粒になって亀頭にかかったのがわかる。

(ああ、菜摘ちゃんの唾がチ×ポにまぶされてる)

美少女の唾液は、牡肉への最高のご褒美だ。

「犬のしっぽみたい。ふるふる震えてる」

ふーっ、ふっとリズムをつけて亀頭に息をぶつけてくれる。

小学生の体内で温められた空気が亀頭を撫でまわす。

「ちゃんづけしてくれたら、ぎゅうって握るけど」

おあずけには耐えられなかった。

「あうう……菜摘ちゃん、お願い、続けて。菜摘ちゃん、チ×ポをしごいて」

腰を浮かせて懇願する。

菜摘は素直でよろしい、と言いたげにうなずいた。

「これからもずっと、ちゃんづけだよ、あたしだけ。ほかの女子は呼び捨てね」

「うう、ほかの女の子なんかどうでもいい。菜摘ちゃん、早くしごいて」

芳樹はすっかり、おねだりする犬モードだ。

裸の下腹をさらした服従のポーズで、少女の手でかわいがってほしいと腰を振る。

「お兄ちゃんのおチ×チン、はじめは太いし、ごつごつしてたから怖かったけど……だんだんかわいく見えてきた」

小さな手が、肉茎を握った瞬間、芳樹は多幸感に包まれる。

輪にした指で亀頭のくびれを締めてくれる。完全充血の男根は親指と人さし指の輪では足りず、中指と親指で絞られた。

尿道口がふくらみ、とぷぅっと先走りの露を吐く。

菜摘の手は最初はゆっくりと上下する。

「くあぁっ、菜摘ちゃん、もっと速く……動かして」

懇願すると、手しごきのペースがあがった。

「ううぅ、気持ちいいよ。強く握ってもだいじょうぶだから」

しなやかで細い五本の指と柔らかな手のひらが、先走りの露にまみれた肉茎を包み、にちゃっと音をたてて上下する。

「くうっ、そのまま続けてくれたら……出ちゃうっ」

童貞が好奇心いっぱいの美少女の手コキに耐える余裕などほとんどない。

「出るって……精子？　ほんとう？　ふふ……早く見たいな」

亀頭の裾に包皮をこつこつとぶつける動きが童貞を追いつめる。

温かな手と熱い肉茎が先走りを乾かしていく。

先端から垂れる男の天然オイルの供給が追いつかないほど、手しごきが速くなる。

「あうう、最高だよ。ああ……菜摘ちゃんの手でイキそうだ」

陰嚢《いんのう》がきゅっと縮むのは射精が近いサインだ。

「うふ……じゃあ、すっごいの……いくよ」

掘りごたつに脚を埋《うず》めたまま、菜摘が上体をかがめる。

パーカーのフードが首に乗っているから、芳樹からは艶やかな黒髪のツインテールと、かわいらしい渦を描くつむじと白い頭皮しか見えない。

「ん……ふぅ」

強めに握られて、指の輪からにょっきりと飛び出した亀頭に、温かい液が垂れた。

「く……ああっ、菜摘ちゃんの唾がっ」

たらりと落とされた少女の唾液。

にちゃっ、にちゅっ。

「あおおおっ、気持ちいい。出ちゃいそうだよ」

無添加の美少女エキスごと肉茎をしごかれる。

背中をそらせて、両手で上体を支えた芳樹は悶《もだ》えるしかない。

ぎゅっと握った手が古くて乾いた畳をむしる。

数回しごかれただけで肉茎の温度があがる。

「出る。出ちゃう。ああっ、菜摘ちゃん……っ」

乾いた少女の唾液が放つ、つんと甘酸っぱい匂いが童貞を狂わせる。

「んふ。いいんだよ。とろって出すところ、見せて」

菜摘は射精を知らない。とろりとこぼれる程度では済まないのは自分でわかる。

「待って。ティッシュかなにか、どこかに……はううっ」

家族で引っ越して空き家になっているのだ。

がらんと広い和室に、ティッシュやタオルなど残っていない。

掘りごたつに腰から下を埋めた菜摘が、左手でなにかを探している。

「あたしのハンカチ……あっ、今日は硬いやつだから、おチ×チンには痛いよ」

菜摘がしゃべる声の振動が亀頭を震わせる。

「あっ、そうだ。柔らかい布……ちょっと待ってね」

牡肉を握った右手の動きが止まる。

輪にした指で尿道ごと棹《さお》が締めつけられているから射精できない。

無意識の焦らしプレイを受けて、芳樹の腰がふわふわと浮いているように感じる。

「ああ……菜摘ちゃん、早く。精液、漏れちゃうっ」

情けない声で懇願すると、ようやく菜摘が顔をあげた。

「じゃーん」

こたつ布団から抜いた左手に、くしゃっと丸めた白い布が握られている。

「まさか……それって」

小学六年生の脱ぎたてパンツだ。

「これなら柔らかいから、おチ×チンも痛くないよね」

男子中学生にとって、女子の下着がどんなに刺激的なものか、わかっていないのか。

それともわかっていないふりをしているのか。

菜摘の唾液と先走りにまみれた肉茎に、コットンの白パンツがかぶせられた。

温かい。

「はうぅ、菜摘ちゃんのパンツ……ああ、柔らかいっ」

少女のぬくもりと湿気を吸った下着の感触は未知の快感を与えてくれる。

しかも偶然かわざとか、菜摘の幼裂に触れていたクロッチの裏側が亀頭を包んでいる。あふれた先走りが、ねっとりと湿ったクロッチに吸いこまれていく。

「お兄ちゃん、出して。精子……ちょうだい」

菜摘の手がコットン下着ごと肉茎を握り、ぎゅっと上向きに擦《こす》った。

ほんの数センチの動きが、芳樹を追いつめる。

甘美な快感が肉茎を太らせ、全身が少女への感謝と愛情で満たされる。

「は……ああっ、気持ちいい……イッちゃう。イクよっ」

精嚢からあふれた牡液が、打上花火みたいにひゅるひゅると尿道を通り、そして爆発した。

びゅる、びゅる……だぷっ。

大量の精液が少女パンツのクロッチをふくらませる。

「あおおおっ、出てる。たっぷり出るっ」

「ひゃんっ、お兄ちゃんの精子……すごい。熱い。たくさん……」

どぷ……どぷっ、どくぅぅっ。

クロッチでは受け止めきれない精液があふれて、菜摘の手を汚す。

「とろとろしてる……あーん、エッチだよぉ……」

自分の手を汚す精液に目を丸くしながらも、菜摘は肉茎を握りつづける。

「ああん……これが、お兄ちゃんの、赤ちゃんの素《もと》なんだ……」

青草みたいに生命力にあふれた精液の臭《にお》いに包まれて、美少女が目を潤ませた。

4

たっぷりと欲情をぶちまけて虚脱した芳樹の横で、菜摘はこたつに入っている。

唐突にくすくす笑い出した。

「パンツをはかないで、おこたに入るのってくすぐったい」

大量の精液を受け止めたコットンの女児パンツを、菜摘は大事そうに丸めて、芳樹から手が届かない左手のわきに置いている。

「それ……洗ってきてやるよ」

青臭い牡液をべっとりつけたままでは穿《は》くこともできないだろう。

「だめだよ。記念にするんだもん」

菜摘は口をとがらせる。

「それより……お兄ちゃん、ちょっとズルくない？」

黒水晶みたいに深い漆黒の瞳が芳樹を射抜く。

「えっ？　ズルいって……どうして」

菜摘は答えずに、ツインテールの毛先をいじっている。

その指は、さっきパンツ手コキで精液を浴びたまま洗っていない。

ちらりと横目で芳樹をにらむ。

「お兄ちゃんだけ気持ちよくなるのって、ズルいと思う」

唇をアヒルみたいに突き出して、頭を左右に揺らす。

「ひょっとして……僕が、菜摘ちゃんを……触ってもいいってこと？」

芳樹が確認すると、菜摘は、はぁ……とわざとらしくため息をつく。

「あのね、お兄ちゃん、あたしは……お兄ちゃんのおチ×チンを握って、精子を出させたよね。ふつう、そんなの女の子はさせないと思わない？」

たたみかける菜摘の、ちいさな唇が濡れている。

「……う、うん」

「そのあとで、お兄ちゃんはぼーっとしているけど、あたしは……パンツをはかずにいるよね。お兄ちゃん、こんなあたしを見て、どう思う？」

三歳下の美小学生は心底あきれたという様子で頬をふくらませる。

「いじりたいよね？　女の子の秘密のとこ、触りたいよね？」

パーカーを着た小悪魔が迫る。

「手を出して、こたつの中」

四角い掘りごたつの隣の角から手が伸びてきた。

こたつ布団の中で、芳樹の手が引っ張られる。

熱い空気の中で、少女の手に誘われるまま、デニムのスカートに手を導かれた。

「ん……お兄ちゃん、あたしのこと……気持ちよくして」

「くうっ、菜摘ちゃん……っ」

正方形の掘りごたつの、隣の辺に座る少女の股間を、体をひねってまさぐる体勢だ。

硬い生地の内側に、ひんやりした太ももがある。

クラスどころか学年一、いや地域でもいちばんの美少女が、芳樹の指で愛撫されたいと願っているのだ。

手首をつかまれ、太もものつけ根に誘導される。

細い脚は、こたつで熱せられてうっすらと汗ばんでいるようだ。

「うふ、お兄ちゃんの指……太くて、ごつごつしてるね」

先ほどまで自分でしごいていた男根を思い出すように菜摘は微笑《ほほえ》む。

芳樹の緊張は増していく。

太ももの奥に指が届いた。

「ん……はあっ」

（ノーパンなんだよな。でも、どうやったら満足してくれるんだ）

こたつの中が熱すぎる。スイッチを最弱に切りかえて、ゆっくりと指を沈める。

菜摘の陰裂は、もっと熱くなっていた。

肌とは違う、明らかにデリケートなエリアに触れた。

指が滑る。湿っている気がする。

「その奥……優しくして」

粘膜の重なりが、直接指を出迎えている。

童貞にとっては女性器の愛撫など想像の外だ。

しかも、相手は処女の小学六年生。

「つるっとしたとこを、指でなでなでして」

童貞にとって、女性の身体の構造などわからない。

「う……く、菜摘ちゃん、あの、こたつから出てくれたらもっとうまくできるのに」

「だめ。だって……見られたくないもん」

芳樹の提案を一蹴して、菜摘は脚を開く。

「じゃあ……ゆっくり触るよ」

はじめて触れる女性器が、まさか幼馴染みの十二歳のものになるとは想像したこともなかった。

つるつるの恥丘の位置を確かめて、その中心に刻まれた浅い溝を探る。

「は……んっ」

菜摘が泣きそうな顔になった。

痛がらせてしまったのか。芳樹は慌てて指を止める。

「ごめん。強かったかな」

「ああん……違うの。続けて」

快感を得ていた表情だったのだ。恥裂を指先でさわさわと撫でてみる。

「ん……んんっ、ああん……」

言葉にならない甘い声を鼻から漏らし、ツインテールのしっぽが揺れる。

女の子が感じるポイントは難しい。もっと菜摘を感じさせたい。

芳樹は思いきって菜摘を抱きしめると、するりとこたつの外に引っ張り出した。

「あーん、だめ。見ちゃだめぇ」

デニムのミニスカートがまくれて、真っ白な少女の恥丘があらわになった。

(なんてきれいなんだ)

芳樹はまばたきも忘れて、雪原みたいに汚《けが》れのない低い丘と、その中心にすっと刻まれた淡い桜色の谷を凝視する。

「お兄ちゃん、だめだよぉ……バレちゃう」

なにがバレるというのだろうか。

芳樹は細い脚を開かせると、淡い秘谷に指を当てた。

「あっ、見られちゃう。いやあん」

頭を横に振るけれど、菜摘は体育でいう肩幅くらいに脚を開いたまま、閉じようとはしない。

本心では触られたがっているのだ。

一本の線だったクレバスを二本の指でそっと開く。

くちっ。

芳樹は小さな水音を聞き逃さなかった。

(菜摘ちゃん、濡れてるんだ)

女性が興奮すると愛液を分泌すると知ってはいたが、まだ恥毛すら生えていない十二歳の性器が湿っているとは思わなかった。

肌よりもわずかに色の濃い恥裂に中指を沈める。

ちゅくっ。

エッチなシロップが指にからみつく。

「うう……聞かないで。見ないで。見たら……もう脚、閉じるから」

子犬がかわいく威嚇するように、菜摘はうーっとうなり、芳樹をにらむ。

「濡れてるのが恥ずかしかったの？　でも……僕にはうれしいよ」

極薄の粘膜扉に静かに中指を当てる。

「違う……だってぐっしょりになるのは大人の証拠でしょ？　だから、いいの。でも、絶対、見ないで」

声が真面目だった。

「本気だよ」

しかたなく芳樹は視線をずらす。

少女の性器の全貌を見たかったけれど、菜摘がそれほどいやならしかたない。

(こたつの中で探るよりはずっとましだからな)

視線を窓の外に向けたまま、ゆっくりと指だけを動かす。

さらさらの花蜜が浅い谷に満ちていた。

「ん……はあっ、お兄ちゃんは喜んでくれるんだ。ちょっと安心かも」

恥丘に刻まれた少女の溝が脈打っていた。

「菜摘ちゃんがドキドキしてるのが、伝わってくる」

デリケートな粘膜を撫でると、ひゃんっと甘い声が漏れた。

「うう……お兄ちゃんの指……太いから、軽く触って」

菜摘の性器はあまりにも可憐《かれん》で小さい。

指の腹を滑らせて繊細な渓谷を撫でつづける。

「ん……あっ、くすぐったいけど……あったかい」

芳樹と視線が合うのが恥ずかしいようで、菜摘はまぶたをきゅっと閉じている。

こたつで温められた肌は、うっすらと汗で光っている。

芳樹は指先に神経を集中する。浅い溝の左右に花蜜を塗るように動かしてみた。

「お兄ちゃんの指……はあぁ、エッチだよぉ」

目をつぶったまま、バラ色の唇がつんと突き出される。

陰裂に指を沈めたまま、芳樹は顔を寄せてキスをした。

「ん……んん、んっ」

唇を重ねたとたん、菜摘の反応が変わった。

パーカーに包まれた細い身体をくねらせ、両腕を芳樹の肩にまわして引きよせる。

ふたりの身体に挟まれた芳樹の右手は行き場を失って、中指が浅い谷にすっぽりと収まった。

キスしていた唇が離れて、菜摘の呼吸が荒くなる。

「んんっ、お兄ちゃん……そこ、好き……っ」

少女の吐息が甘い。

新鮮な花蜜がちゅくっとにじんで指先を濡らす。

「菜摘ちゃんのここ……ひくひくしてる」

「あん……だめなの。自分じゃわかんないもん」

まだ未成熟な身体は、性感のポイントがかなり狭いようだ。

芳樹が目の当《ま》たりにすれば、性器の細部もわかるだろうが、今日の菜摘は性器を直視されたくないという。

極薄の陰唇に指を当て、花蜜の助けを借りて滑らせる。

「ん……はあっ、なんか……変な感じ。あんっ、あ……ああっ」

菜摘が全身をびくんと震わせた。

さっきまでの、くすぐったさ混じりの反応とは違う。

中指が当たる粘膜が熱くなっている。

菜摘の背中が大きく反った。腰が浮き、脚をばたつかせる。

「ひゃんっ、変なの。じんじんする。お兄ちゃんの指の、いじわるぅ……」

少女の甘い声が和室に響く。

(僕の指で菜摘ちゃんが感じてくれてる)

恥裂に埋まった中指を、熱い粘膜の谷がきゅっと締める。

「あっ、あ……あああっ、やんっ、お兄ちゃん、お兄ちゃぁん……好きぃ」

菜摘はびくっと背中を反らせてから脱力して、はぁ……とため息をつく。

「うう……なんか、ふわふわしてた……」

しばらく、静かな時間が続いた。

ふーっ、ふーっと菜摘が呼吸を整えている。

「ん……はあっ、もーっ、もう、やだっ、変な声……ううっ」

がばっと起きあがると、菜摘は芳樹に怒った顔を向ける。

「帰るっ」
二、三歩進んでから、畳の上に落ちていた精液まみれのパンツを拾いに戻る。
「エッチなお兄ちゃんなんか……ううっ、許さないんだから」

「ええっ？　そんな……」

なにが原因で機嫌を損ねたのかわからずに、芳樹はうろたえる。

唇をへの字にして怒っていた菜摘が、突然えへへっと笑顔になる。

小悪魔から天使へ。魔法少女みたいに菜摘は変身する。

「明日も……お兄ちゃんにおしおきだからねっ」

丸めた白いパンツを宝ものみたいに握ったまま、菜摘はふんっと鼻を鳴らして廊下に出ていく。

あっけにとられた芳樹は言葉を発するのも忘れた。

「ちゃんと……朝、起きててよねっ」

玄関から、澄んだソプラノが聞こえてきた。

第二章　初体験の予感

1

カーテンがない二階の寝室で起きると、朝日がまぶしい。
芳樹は三年ぶりに見る生家の天井を眺めている。
（昨日は、菜摘ちゃんに手コキされて、パンツに射精して……夢じゃないよな）
自分の記憶が現実にあったことなのか、信じられない。
けれど幼い陰裂の、ホイップクリームみたいな感触は右手の中指に残っている。
（そうだ。今日は庭を掃かないといけないんだ）
自分の予定を思い出す。

父親の仕事の都合で引っ越したものの、この家にはいつか家族で戻る予定だ。

空き家にしておくと傷むから、半年に一度、今までは母親が数泊して空気を入れかえ、庭や水まわりの手入れをしてきた。

建物の手入れはもちろんだが、伸び放題の植木の手入れや、自治会へのあいさつなど、やることは多い。

今回は母の代わりに、早い時期に高校への推薦入学が決まった中学三年生の芳樹が冬休みを使って四泊することになっている。

パジャマ代わりのトレーナーとスウェットパンツで、この家に残しておいた布団から出る。暖房器具は一階の掘りごたつだけだから、部屋は寒い。

階下におりて、昨日のうちに買っておいたペットボトルのスポーツドリンクを飲んでいると、家の前の道を元気な足音が近づいてきた。

スキップみたいなリズムが玄関の前で止まる。

しばらくして、玄関のドアがノックされた。

「お兄ちゃん、起きてる？」

近所に聞こえないように、菜摘が小さな声で呼んでいる。

ドアをあけると、ツインテールの黒髪がぴょんと芳樹の胸に飛びこんできた。

「わっ、ずいぶん朝早いな」

芳樹はまだ寝起きのままなのに、菜摘はフードつきのピーコートを着て、髪もしっかりと整えている。

足を器用に動かして、生成《きな》りのバスケットシューズを脱いで家にあがる。

スリッパすら残っていない空き家だから素足は寒そうだ。そう思った瞬間、立っている芳樹の足の上に、ぴょんと上った。

足の甲に、少女の冷たい足の裏が乗っている。

いつもより背が高くなった少女は、えへへと笑った。

「あたしが朝早いんじゃなくて、お兄ちゃんが遅いんだよ」

スウェットの胸に頬ずりする。

十二歳の身体は軽い。黒髪からはバニラアイスみたいに甘い香りがした。

「のんびりしないで。お兄ちゃんがこっちにいられるのはあと四日だけなんだよ」

抱きついた菜摘が大人びた口調で芳樹を見あげる。

「だから……毎日、お兄ちゃんと……いろいろ経験するの」

あごを芳樹の胸板に当てて、唇をとがらせる。

「はやく、チューして」

すがるような瞳だった。

少女にキスをせがまれるほど幸せなことはない。

芳樹が唇を重ねると菜摘は、ん……っとうれしそうに鼻を鳴らした。

寒い外を歩いてきたから、菜摘の頰や身体は冷えているのに、唇だけは温かい。

「んは……お兄ちゃん……うれしい」

菜摘との秘密の遊びが二日目になって、芳樹にも余裕が出てきた。

咲きたてのバラの花弁を思わせる唇のすきまに舌を挿しこんでみる。

「はんっ……ああっ、お兄ちゃんのエッチぃ……」

歯磨きしてきたばかりなのだろう。菜摘の歯はミント味だ。

かわいい前歯を数えるように舌をスライドさせる。

「あん……はあっ」

切なげに身をよじる。ツインテールのしっぽが揺れた。

さらに舌を奥へ。少女の温かい口中で、震える舌を見つけた。握手するみたいに舌を絡ませる。

「……っはあっ、あ……ん、頭がぼーっとしちゃう」

菜摘の小さな頭を両手でつかみ、んちゅっ、ちゅぶっと音をたてて細い舌を味わう。

思春期に入りたての少女の唾液は甘くてさらさらしている。

「ん……ふ」

長いキスで呼吸が苦しくなったのか、菜摘が唇を離した。

「チューするの、好きになっちゃった」

ふたりぶんの唾液で光る唇で、えへへっと笑ってみせる。

鼻が生意気にきゅんと上を向いているのが、早熟な美少女の魅力を引きたてる。

「ああ……菜摘ちゃんっ」

芳樹は小さな鼻翼を咥《くわ》えた。

「んっ、んーんっ、いやっ、恥ずかしい」

菜摘の想像の中に、鼻をしゃぶられるなどという場面はなかったようだ。

十二歳の天使は鼻の穴の中までかわいらしい。

舌先で存分に味わう。軽い塩味がたまらない。

「んん……っ、おにいひゃぁん……」

鼻をぱくりと食べられた少女が両腕の内側で悶える。

つるりと滑る鼻を堪能《たんのう》した芳樹は、唇を頬へと移動させる。

(菜摘ちゃん、どこの肌もおいしいっ)

ちゅっと吸うたびに、お日さまをいっぱいに受けて育った、健康的な新陳代謝の味がする。眉のふちの軽い塩味もかわいい。

ツインテールの髪からのぞく小さな耳は複雑なカーブの重なりだ。唇よりも舌で楽しみたい。

舌先で耳の溝を掘る。

「は……あんっ」

腕の中にいる細い身体が緊張した。耳は敏感らしい。

ふーっと息を吹きこみ、舌先で耳孔に続く深い谷をなぞる。

頬やあごよりも、温めたミルクみたいな甘い香りが強い。

耳たぶがみるみる赤くなっていく。ここを噛《か》んで、というサインだろうか。

そっと前歯で耳たぶを甘噛みする。

「ん……はあぅ、いやあん、へんな感じ……」

耳たぶはお菓子みたいに柔らかくて、干し草みたいな香りがする。

「ね……もう、うう……ドキドキしちゃって、だめ」

顔中を愛撫された菜摘が、身体を引いた。

つやつやの頬も、さくらんぼみたいに滑らかな唇も、そしてつんととがった鼻の頭まで芳樹にキスされている。

「うふ。お兄ちゃんのチュー、もっと……いっぱい、いろんなところにして」

菜摘はフードつきのピーコートを脱いだ。

芳樹はあっけにとられる。

「菜摘ちゃん……その服って、どうしたんだ」

コートの下はまるで真夏だ。

イエローのタンクトップはぴったりと身体にフィットして、肩の丸みや二の腕も露出している。ふくらみかけの思春期乳房を覆う胸もとの生地は薄く、手のひらサイズの盛りあがりの頂点がぷくっととがっているのまでわかる。

(来年は中学生になるのにノーブラだなんて。乳首の位置までわかるぞ)

早熟な子が多い今どきは、小学生の三、四年生からブラジャーやパッドつきのキャミソールをつけるのが普通だ。

六年生で、すでに乳房の発達がわかる菜摘がノーブラというのはありえない。芳樹を刺激するためにノーブラ、ノーパッドのタンクトップを選んだのだ。

しかも、タンクトップの下がまた過激だ。

ブラックデニムのショートパンツ。裾がやたらと短い。

タイトなシルエットで、股間にデニムが食いこむ。太ももは根元まで丸出しだ。窮屈なサイズに少女の下半身が押しこめられている。

「うふ。お気に入りの服を見てもらいたかったんだ」

芳樹の視線が健康的な太ももに向いてくれたのがうれしそうだ。くるりと半回転してみせる。

「うわ……菜摘ちゃん」

ブラックデニムのショートパンツの後ろ姿は、もっと悪い。

股間から腰骨にかけてのヒップラインを大胆にカットしてあるから、丸いパンケーキみたいなお尻が半分近く見えてしまっているのだ。

小学生のあいだで流行《はや》っている、ダンスチームの衣装みたいだ。

「ね。ちょっとかっこいいでしょ」

芳樹に背中を向けた菜摘は、肩と腰をひねって、尻を突き出してみせる。

ジュニアダンサーみたいなポーズでヒップを強調すると、ショートパンツはさらに小六ヒップにぴったりと張りついた。

昨日、丸いお尻の肌はこたつでの指戯であらわになっていたのだが、すぐに菜摘の希望で視線をそらしたから、ほとんど見ていなかった。

白い半球の下、三分の一はさらされているだろうか。

十二歳といっても人間の身体なのだから細かいうぶ毛もあるはずなのに、クリーム色のゴム風船のようにつるりとしている。

「うふ。ショーパン、気に入ってくれた？」

芳樹の視線を後ろから浴びて、どこに興味があるのかわかったらしい。

「お兄ちゃん、しゃがんで」

菜摘に命じられて、すぐに廊下に膝をついた。

どうして座るのかなど、理由を聞く気も起きない。忠実な大型犬になった気分だ。

「ほんとは……お兄ちゃんが夏休みに帰ってきたらいっしょにおでかけしたいなって思って買った服なの。かっこいいでしょ？」

たしかにダンスのステージで見るならかっこいい衣装だろうが、日本家屋の廊下では、まだ幼い菜摘の身体をとてもエロティックに見せてしまう。

(だめだ。こんなの見せられたら)

スウェットパンツの中で肉茎がびくんと反応する。

「ん……もっと、ちゃんと見てもらおうかな」

体操の膝伸ばしのポーズ。両脚を揃《そろ》えて立ち、上半身を前屈させたまま菜摘がゆっくりと後退してくる。

膝をついた芳樹の眼前に、ショートパンツのお尻がぷりぷりと迫る。

「ああ……菜摘ちゃんっ」

子供用の新体操ボールを思わせる丸みが眼前に並ぶ。

黒いデニムにオレンジ色のステッチ。高めの体温で蒸された生地から、かすかに酸味のある少女の秘臭が吸えた。頭がくらくらする。

おしりすら完全には隠せないショートパンツは股下の幅も狭い。股間にほんの数ミリ、白いレースがちらりとはみ出している。

昨日、手しごきで精液を受け止めるのに使ってもらった女児パンツの感触が脳と童貞ペニスに蘇った。

スウェットの中で、びきびきと肉茎が硬くなる。勃起の先端が生地に突き刺さって、肉茎が苦しい。

菜摘は芳樹にお尻を向けているから、今がチャンスと芳樹は勃起を握ってポジションを調整する。このままショートパンツに顔を埋めて自慰をしたら、どんなに気持ちいいだろう。

「あは。大きくなってるんだ」

菜摘の指摘に手が止まる。

前屈した少女からは、芳樹の下半身が丸見えだったのだ。

逆さになったツインテールが振り子みたいに揺れる。

ぷるんと光るさくらんぼの唇から、白い前歯がのぞく。

「お兄ちゃん、起きたばっかりだよね……この服、寒いからお布団に連れていって」

「それって……」

布団に連れていって、というのは、セックスの誘いだとしか思えない。

(いいのか。相手は小学生で、まだ子供なのに)

法律うんぬんではない。

まず、菜摘にとって、芳樹ははじめての男性にふさわしいのだろうか。

「待てよ、お布団って、その……まずくないか」

ためらっている芳樹の手を、菜摘がぎゅっと握った。

冷たくて濡れている。

家から緊張して汗ばんだまま、寒い冬の道を歩いてきたのだ。

「あたしたちはあと四日しかいっしょにいられないんだよ? 早く、あたしを、お兄ちゃんの彼女にして」

「そ、それって……つまり」

菜摘は芳樹の手を引いて廊下を進んでいく。

幼稚園の頃から遊びに来ていた、勝手知ったる家だ。

芳樹の部屋のドアをあけた。

新居では使わない簡素なマットレスと、化学繊維の安い布団が部屋の中心にある。

「うふ……懐かしい。お兄ちゃんの部屋の匂いだ」

菜摘は窓際にある勉強机に駆け寄る。

三年前、中学生になる芳樹には小さすぎるからと置き去りにしたものだ。

「よくこの部屋で遊んだよね。ゲームとか、テレビ視《み》たりとか……あとは」

菜摘は勉強机の天板の、丸い縁をいとおしそうに撫でさする。

「ここの角のとこ、ちょうどよかったんだ。うふ。なんのことか……わかる？」

謎かけをされても、まったく思い当たらない。

「三年前……もっと前から、この部屋が大好きだったの」

菜摘は勉強机の角にお尻をちょんと当てる。

「お兄ちゃん、いっしょのお布団に入らせて」

2

（ううっ、同じ布団の中に菜摘ちゃんが）

シングルサイズの布団の中にふたりで入っている。

頭まで布団をかぶっているから暗い。

暖房器具のない部屋だから外は寒い。

芳樹に抱きついて胸板に頭をぐりぐり押し当てる十二歳の少女の身体は熱い。甘えんぼうの猫を抱いているような気分だ。

「懐かしいなあ。昔、こうやっておひるねしたよね」

ツインテールの髪が、芳樹のTシャツから伸びた腕をくすぐる。

「覚えてたんだ……菜摘ちゃんがすごくちっちゃかった頃なのに」

この街で暮らしていた頃の、甘酸っぱい記憶だ。

小学校にあがったばかりの菜摘は、よく学校帰りに、この芳樹の部屋に遊びに来た。

両親が仕事で留守だったから、日が落ちるまでのほんの数十分が、ふたりだけの世界だった。

ふたりのあいだだけで通じる単語が「おひるね」だった。布団を敷いて、向かい合ってふたりで抱き合ったまま目を閉じるだけ。会話もない。今にして思い出せば、セックスの真似《まね》だったのだろうか。とてもゆったりした時間だった。

同じように布団に入っても「ぎゅーして」と言われるのは、背後から菜摘を抱いて、身体をぴったりと重ねる体勢。芳樹に包まれて安心するらしく、菜摘のお気に入りだった。

芳樹は小学校四、五年でまだ性知識もなかったが「ぎゅーして」のとき、顔の前に菜摘のちいさな頭があって、シャンプーとは違う、少女の甘い肌の匂いを嗅ぐと胸がもやもやして、体温があがるのを感じた。

今の菜摘は小学六年生。芳樹も中学三年だ。それなりの性知識はある。

だから昔の同衾《どうきん》とは違って、一枚の布団に入り、正対して抱いていても高ぶってくるばかりだ。

芳樹の鎖骨のあたりに、菜摘の吐息がかかる。

スウェットパンツの中が勃起で苦しい。

「お兄ちゃん、当たってる」

「えっ」

慌てて腰を引く。

屹立の先端が菜摘の下腹を押していたのだろうか。

「ん？　どうしたの。くっついてほしいのに」

暗い布団の中で、菜摘は不満そうな口ぶりで身体を寄せてくる。

「ほら……当たってるでしょ。ちゃんと……大人のおっぱいになるんだから」

菜摘がぎゅっと抱きついて、胸を押しつけてきた。

「昔のおひるねだとつるつるだったけど、今はおっぱいになってるんだよ」

緊張のあまり、菜摘の胸を意識していなかった。

「う、うん……当たってる」

抱き合ったふたりのあいだで、十二歳のふくらみが潰れている。

玄関で見たイエローのタンクトップの、カップなしの薄布越しに、ちょんととがった乳首が芳樹の胸に当たっているのだ。

「お兄ちゃん、鈍感なんだから。じゃあ……直接だったら、どうかな」

芳樹の腕の中で菜摘がもぞもぞと動く。

芳樹の顔を柔らかい布が滑る。タンクトップだ。

布団の中に、少女のミルク香が満ちてくる。

冬なのに、うっすらと汗ばんだ柔らかな肌が芳樹の腕にからみつく。

「えへ。恥ずかしいから……お兄ちゃんも脱いで」

小さな手が、芳樹のTシャツの裾を引っ張りあげた。

「エッチな菜摘ちゃんのために……脱ぐよ」

芳樹はTシャツだけでなく、スウェットごと下着も布団の外に脱ぎ捨てる。

「あーん、お兄ちゃんのほうがエッチだよぉ」

対戦ゲームに負けたみたいに悔しそうな菜摘が、ショートパンツだけの身体を押しつけてきた。

「ああ……菜摘ちゃんのおっぱい、あったかい」

十二歳の菜摘は、十五歳の芳樹より体温が高い。

発熱した思春期乳房が芳樹の胸筋に当たる。

物心ついてからはじめて触れる女性の乳房だ。

芳樹の手が無意識に動いて、菜摘の乳房を握った。

「ん……んっ、やっと……お兄ちゃんに触ってもらえた」

菜摘が不安とうれしさを交えたため息を漏らす。

漫画やネットでは、おっぱいが柔らかいと表現されているけれど、手のひらサイズのバストはこりこりと硬めだ。

第二次性徴期で乳腺が張っているから、少女のふくらみかけのバストは芯までゴムでできたボールみたいな感触なのだ。

「ぎゅって握ると、ちょっと痛いかも」

思春期乳房は敏感なのだ。あわてて手を離そうとすると、菜摘が手のひらを芳樹の手の甲に重ねてきた。

「よしよしするみたいに、なでて」

自分の乳房を愛撫するやりかたを教えてくれる。

菜摘の手の動きに従って、手のひらで乳房を包み、全体を優しく擦る。

「ああ……菜摘ちゃんのおっぱい、あったかくて、すべすべだ」

手のひらに、ちょんと小さな粒が当たる。

とんがりを褒めるように、手のひらの柔らかい場所を当ててみる。

「ん……あん、じんじんする。それ、気持ちいい」

自分の手の動きで菜摘が感じてくれるのが、とてもうれしい。

菜摘の腕が伸びて、芳樹の頭を抱きしめる。

するりと裸体が上に滑った。

かけ布団がずれて、一気に視界が明るくなった。

目の前にあるのは、できたてナチュラルチーズみたいなつるりとした白い平原。左右対称に裾野が広い丘がある。

丘の頂上には、ぼんやりした薄紫色でひし形の乳暈《にゅううん》。その中心にはぷくんと小粒な乳首があった。桜の花びらみたいに淡いピンク色だ。

「ううっ、菜摘ちゃんのおっぱい……かわいいっ」

芳樹の視線を感じて、乳首がぷりっとふくらんだように見えた。

もうたまらない。

半熟クリームケーキにしゃぶりつく。

「は……ああんっ」

乳首にキスを受けた菜摘が、芳樹の頭を両手でぎゅっと引きよせる。

「く……ううぅ、菜摘ちゃんのおっぱい、さらさらであったかくて……はああっ、すごくおいしいっ」

唇に当たる乳肌はシルクのようになめらかだ。

口をあけて、舌先で乳頭をつんとたたいてみる。

「ううっ、菜摘ちゃんのおっぱい……幸せになる味だよ」

母乳なんか出るはずがないのに、温めたミルクみたいに甘くて、ほんのかすかに鉄っぽい味がする。

「ひゃ……あんっ、お兄ちゃんが赤ちゃんみたいに、おっぱいをちゅってしている」

菜摘は芳樹の髪をぐしゃぐしゃにかきまわす。

「菜摘ちゃんのおっぱい……おいしいよ」

片方の乳首を舐めながら、反対の乳首を指の腹でそっと擦ってみる。

「ん……あんっ、おっぱい吸われるの、好きぃ」

小学六年生がスリムな身体をよじって、はじめて経験する他人からの乳首愛撫に夢中になっている。

向かい合って横向きに寝たふたりの肌が重なる。

乳房をしゃぶりながら視線をあげると、いつもの勝ち気な瞳が潤んでいた。

ご機嫌ななめみたいな表情だ。

けれど、乳首をひと舐めすると、んくっと喉を鳴らし、甘えんぼうの顔に戻って、またすぐに唇を噛んで芳樹をにらむ。

乳首に与えられる刺激でエッチな声をあげまいと懸命にこらえているのだ。

ショートパンツから伸びた二本の脚に挟まれた肉茎がびくっ、びくんと跳ねる。

「ああんっ、お兄ちゃんのが硬い……女の子のおっぱい、好きなの？」

「ただのおっぱいじゃないよ」

芳樹は麦粒ほどの極小乳首をちゅっと吸う。

んふっ、と鼻から息を漏らす少女はこの世に生まれ落ちた天使だ。

「菜摘ちゃんのおっぱいだから、好きなんだ」

ぱんと張っている少女乳房を、マッサージするように優しく揉んでやる。

「ん……はあっ。お兄ちゃん……おっぱいの低いところにもキスして」

乳首ばかりを集中して吸われるのは、未開発の身体には強すぎるようだ。

乳峰を唇でスキーみたいに滑り降りる。

「は……あんっ」

ふくらみの周辺、わき腹や鎖骨のくぼみにもまんべんなく唇を当てる。

「指でされるより、お口でされるの、好きだよぉ」

首を振るたびに、ツインテールのしっぽが芳樹の頭や耳をさわさわと撫でる。

菜摘は髪の穂先まで柔らかくて繊細なパーツでできている。

ふたりとも上半身は裸だから、菜摘の腕が芳樹の肩やわき腹に当たった場所が浄化されていくような気持ちになる。

ショートパンツのごわごわしたデニム生地に肉茎が当たった。

「ううっ」

敏感な童貞亀頭から、とくんっと先走りが漏れる。

肉茎の左右がしっとりした太ももに挟まれている。

少女のすきまが心地よくて、腰を振ってしまった。

「ああん……お兄ちゃんの、当たってる」

「うう……すごくチ×ポが気持ちいいんだ」

昨日は階下の掘りごたつでの処女手淫で放出してしまった。

菜摘の乳房を味わった興奮で、今日も簡単に射精してしまいそうだ。

「ねえ……あたしのおっぱい、指よりもずっと……お口でされるのが好き」

突然、菜摘が言い出した。

「えへ。だから……お願いがあるの。恥ずかしいけど」

菜摘は頬に手を当てて照れている。

「なんでも聞くよっ。それに……僕にも頼みがある」

芳樹にもやってみたいことがある。交換条件で聞いてもらえるかもしれない。

「……お兄ちゃんから、先に言ってみて」

きらきらした瞳に射抜かれる。

「菜摘ちゃんが昨日触らせてくれた、エッチなところにキスしたい。代わりに菜摘ちゃんのお願いをなんでも聞くから」

芳樹のお願いを聞いた菜摘はぷうっと頬をふくらませた。

「だめだよ、お兄ちゃん。だってそれ……あたしのお願いなんだもん」

菜摘は布団の中で、くすくす笑った。

3

布団の中で菜摘の乳首に夢中になっているうちに、ふたりの体温と冬の太陽が部屋を暖めていた。芳樹はかけ布団をはじき飛ばした。

午前中の明るい日差しに、少女の半裸が照らされている。

眼前のデニムのショートパンツに指をかけた芳樹の鼓動が激しくなる。

「いいね……菜摘ちゃんのここに、キスしたい」

ショートパンツのウエストを握って、一気に引き下ろした。

現れた純白のコットンショーツは真新しいものだった。

芳樹に見られるのを意識して穿いてきてくれたと思うとうれしい。
（僕に見られて、脱がされるつもりのパンツなんだ）
少女からのＯＫサインが、新品の純白下着に表れている。
足首が細い。芳樹の中指と親指で作った輪がまわってしまうほどだ。
優しく脚を開かせる。
芳樹は頭を太もものあいだに沈ませた。
「は……あん、お兄ちゃんの息、すーすーする」
くすぐったがって暴れる脚から、日なたの干し草みたいに香ばしい匂いがする。
内ももはお金持ちの家にある、磁器のアンティーク人形みたいにつるつるで白い。
けれど、人形とは違ってとても温かく柔らかい。
（ああっ、濡れてる）
クロッチには、おもらしでもしたように指先より大きな染みができていた。
昨日、はじめて触れた幼裂はうっすらと濡れていた。
今日は下着が透けてしまうほどに花蜜を漏らしている。
顔を寄せると、フルーツヨーグルトみたいな甘酸っぱい匂いが強くなった。
「菜摘ちゃんのここ、すごくかわいい」

処女小学生の秘芯は男を惑わせる。

芳樹は思わずクロッチに鼻を突っこんでしまった。

「はあんっ、だめぇ。ぐっしょりだから……」

こりっとした恥骨の下に、くぼみがある。

くちっ、とクロッチの向こうで水音がした。

「ん……あっ、恥ずかしいから……脱がせて」

普通なら脱がされるほうが恥ずかしいだろう。けれど、菜摘にとってはぐっしょりと湿ったパンツを観察されるほうがいやなようだ。

「じゃあ……見せて、菜摘ちゃんの、オマ×コ……っ」

女の子に聞かせてはいけない下品な単語。けれど、芳樹はほかの呼び名を知らない。

震える指で下着を引っ張る。

にち……にちゃっ。

クロッチがゆっくりと剝がれて、下着が脱げる。

少女の陰裂が目の前に現れた。

「あ……ああっ、すごくきれいだよっ」

下腹から、拡げた脚のつけ根の向かう、真っ白な少女の雪原だ。

新品のせっけんみたいに白くてつるりとしたエリアに、縦割れの谷がある。

谷の両側には、ごく淡い薄紫の低い山がある。

「くうっ、菜摘ちゃん、濡れてて、かわいい」

スウェットパンツの中でとがった牡肉が苦しくて限界だ。

芳樹は下着ごと脱ぎ捨てる。

びんっと勃った童貞の肉茎は、たらたらと先走りを布団に落とす。

数回しごいたら、簡単に射精していまいそうだ。

「ああん……あのね、お兄ちゃん、あたしのそこ……ヘンじゃないかな」

低い恥丘とあお向けでもこりっと盛りあがっている少女バストの向こうから、菜摘が芳樹を見つめている。

「わかんないよ、僕だってはじめて見るんだから。でも、とってもかわいい。変わってないと思うけど……」

左右の低い山を両手で左右に引っ張ってみた。

「ひゃんっ、恥ずかしいっ」

ぱっくりと割れた谷底に極小の洞穴があった。

「あたしの……穴のとこに、お兄ちゃんのが入るんだよね？」

新鮮な貝の身みたいな、ピンクとオレンジの粘膜が重なっている。

濡れているのは、洞穴とそのまわりだ。

「でも……ちっちゃすぎて無理かもって、不安で。だってお兄ちゃんのおチ×チン、昨日握ったときに……あんなに太くなって」

(ほんとだ。おとなになったら赤ちゃんが出てくる穴のはずなのに、すごく狭い)

芳樹の目にも姫口はとても狭くて、勃起した性器どころか指すら入りそうにない。

「あたし、まだ子供なのかな。お兄ちゃんと……くっつきたかったのに。だから恥ずかしくて……昨日は見せられなかった」

幼い乳房越しに、菜摘が不安そうだ。

「でも……あのあと、お風呂で……えへ、ちょっとだけ指を入れてみたの」

菜摘が小さな声で告白する。

「そしたら、ちょっと……入りそうだったから……んーっ、恥ずかしい」

小さすぎる膣口を気にしながらも、はじめての挿入を期待しているのだ。

かちかちの勃起をもてあます芳樹だって、もちろん菜摘とつながりたい。

けれど無理に挿入して、痛い思いはさせたくない。

「練習してみよう。まずは……菜摘ちゃんを気持ちよくさせるから」

おっぱいは芳樹の指より、唇と舌で愛撫されたのが感じたと明かしてくれた。姫口だって同じだろう。

芳樹はM字に割った脚のあいだに伏せて、繊細な粘膜の谷に唇を埋めた。

「きゃんっ、お兄ちゃん……ああん」

秘裂に唇を当てた瞬間、少女がびくんと跳ねた。

とてもしなやかな身体だから、まるで魚が水面で跳ねたみたいだ。

「ふわ……びりってなった。ちょっと、ああん、待って」

脚を閉じようとする菜摘の幼裂に頭を沈める。

性欲に火がついた十五歳の童貞はもう止まらない。

陰唇を唇で割り、桃色の姫口に舌を当てる。

はじめて味わう少女の膣口。きれいにしているはずなのに、あとからあとから染み出してくる少女の蜜のおかげでぬるぬるだ。

「ああ……菜摘ちゃんのオマ×コ、ちっちゃくてやわらかくて、おいしいっ」

ちろちろと舌を出して姫口の縁をなぞる。

「ん……はあっ、昨日の……指よりずっと、じんじんする」

浮かせた腰をくねらせる。

（なにもかもがきらきら光って、宝石みたいだ）

菜摘の身体をもっと知りたい。膣口の周囲を広く舐める。

昨日、指で撫でたときはひとつの溝のように感じていた陰裂が、目の前にあるととても複雑な形状なのがわかる。

縦に長い渓谷のいちばん上は船の舳先《へさき》みたいに左右の薄羽がくっついている。

その下には針の穴ほどのピンクの亀裂がある。舌先を当ててみた。

「ひゃんっ、だめぇ、恥ずかしいよぉ」

舌先にぴりりと塩味と苦みを感じた。きっと緊張でわずかに漏らしてしまったのだろう。生肉にも似た新鮮な尿臭がアクセントになっている。

尿道口から下に、芳樹が目指す姫口がある。

咲きかけのチューリップを真上からのぞいたみたいに複雑な粘膜の唇に舌を当てる。

「んんっ、ああ……ヘンな声が出ちゃうよっ」

菜摘の甘い悲鳴が聞こえた。

はじめてでも感じるポイントのようだ。

花びらにそって円を描くように舌を動かしてみる。

「あん……お兄ちゃん、気持ちいい……かも」

甘えた声が聞こえた。

「菜摘ちゃんのオマ×コから、シロップみたいな液があふれてる……んんっ」

ちゅぞっ、と音をたてて少女の蜜をすする。

昨日味わった唾液も、膣口から染み出す花蜜も、そして尿道口に残っていたおしっこまで、女子の身体から出てくる液体は芳樹にとってなんでもおいしい。

「は……あんっ、なんか……お兄ちゃんに舐められると、ふわふわになる」

M字になった脚がぱたぱたと動く。つま先がくるんと丸くなっている。ピンク色の足の爪はストロベリーキャンディみたいに甘そうだ。

芳樹は指を膣口の両側に添えて、注意深く開いてみる。

「は……あっ、あの……お兄ちゃんのおチ×チンをくっつけられるか、確かめて」

「あーん、すーすーするぅ」

処女の膣道に流れこんだ外気が、温かな粘膜を冷やす。

「ううっ、中がピンク色で、とってもきれいだ」

指よりも舌のほうが骨も爪もないから、繊細な粘膜にも優しいはずだ。

芳樹が膣口を探ろうと舌を伸ばすと、菜摘がふわっと腰を浮かせた。

舌の先は尿道口を滑り、陰裂の前縁に当たったった。

「んはあああっ、お兄ちゃん、そこ、あーんってなるぅ」

二枚の薄羽が重なった内側に、米粒みたいな突起がある。

舌が軽く当たっただけで菜摘が甘い悲鳴をあげたのだ。

(ひょっとして、これがクリトリス……女の子が感じる場所)

雑誌かネットで見た記憶がある。女性がいちばん感じるピンポイントだと。

だが童貞少年には、クリトリスがどんなものか想像もできなかった。

「菜摘ちゃんの気持ちいいところ、教えて」

舌先を伸ばして陰裂の端に注意深く当てると、包皮に隠れた極小の粒に触れた。

「はあっ、んん……そこ、好きぃ。お兄ちゃん、ぺろぺろして……」

小さなお尻を浮かせた菜摘は膝を大きく開いた。

新体操の選手みたいに大胆な開脚ポーズで待つ少女の、浅い渓谷に隠れた宝物を舌先で探す。雛尖《ひなさき》の皮ベールごと、とんがりを撫でる。

「ひ……ひゃんっ、ああん……気持ちいいよぉ……あっ、あああん」

天使みたいな美少女が、かくかくと腰を振っている。

小さな陰核は、処女を大胆にさせるスイッチだったのだ。

芳樹はうれしくなって舌を丁寧に動かし、小粒の真珠を優しく磨く。

「は……あああっ、ヘンな感じ。あたしのそこ、びりびりする。あーん、気持ちよくて……泣いちゃうよぉっ」

雛尖の下では、さっきまで半開きだった処女の花弁が大きく咲いていた。

お尻が左右に割れるほど開いているから、膣口のさらに下で、すみれ色の肛門がひくひくと収縮しているのも丸見えだ。

(菜摘ちゃんのこんな姿、パパやママだって見たことないはずだっ)

無防備に見せてくれるのがうれしくて、芳樹はクリ舐めに夢中になる。

「んあ、はあんっ、お兄……ひゃあんっ、好き。ぺろぺろ……好きいっ」

ほんの小さな粘膜の粒だ。舌を当ててるだけでいい。菜摘が悶えるから自然に雛尖を撫でる動きになる。

「ひ……ああん、しびれて、浮いちゃう。お兄ちゃん……ううっ、飛んでっちゃう」

「だめだ。菜摘ちゃんはどこにも……いかないでっ」

芳樹は汗で滑る細い脚をつかんで放さない。

「こんなの……はじめてなの。お兄ちゃんのお口で……飛んじゃうっ」

びくん、びくんと全身を震わせ、ツインテールの髪を布団の上で踊らせる。

菜摘が他人からの愛撫で、生まれてはじめてイッた瞬間だ。

「はぁ……あうう、ぶるぶるするの」

膣口から新鮮な花蜜がたらりと漏れて、白球ヒップの谷間を伝う。

はじめてのクンニリングスは大成功だ。

「ああん……ぜったい、忘れないから……うれしい」

絶頂の汗で全身を輝かせた妖精が、股間に伏せた少年の頭を撫でてくれる。

芳樹は飼い犬になって褒められたみたいで誇らしい。

「お兄ちゃん、あのね……」

うるんだ瞳が、うつぶせになった芳樹の股間でうれし涙を垂らす童貞の槍《やり》に向く。

ためらいながらも、菜摘はしっかりした声で告げる。

「挿《い》れて。くっつけて。あたしの中を、お兄ちゃんで、いっぱいにして」

4

薄い敷布団に、菜摘がにじませた花蜜で小さな世界地図が描かれている。

「お兄ちゃん、チュー、して」

脚を大胆に開いた菜摘は、なんとか笑顔を浮かべようとしている。

けれど唇は震えているし、両手はぎゅっと握ったままだ。
「お兄ちゃん、気がつかなかったでしょ。あたしは、ずっと」
幼馴染みの少女が、思いつめた表情で告白する。
緊張した身体を抱いて、芳樹はそっとキスをする。
「ん……ふ。何年も前から、お兄ちゃんとくっつきたかったのに……あんっ」
芳樹の口の中に、菜摘の告白が響く。
「お兄ちゃんは……年上だけど、男子って、そういうのに鈍いでしょ」
キスを受けながら少女は、えへへと笑った。
小学生のあいだは、女子のほうが精神年齢はずっと上だ。
(この家に住んでた頃は、菜摘ちゃんを初恋の対象だって認められなかったもんな)
小学校の高学年まで、芳樹も菜摘といっしょにいるといつもドキドキして、いつか
は恋人や奥さんにしたいなんて夢想したこともある。
けれどその世代の少年は、初恋とは同じ年齢、あるいは近所のお姉さんなど年上の
女性に向くと誰もが信じていた。
当時の芳樹も自分が菜摘に抱く気持ちは恋ではないと決めつけて忘れようとした。
引っ越してから菜摘との連絡を取らず、年賀状くらいのやりとりにしてしまったの

も「年下のガキンチョとなんか遊ばないよ」という子供っぽい意地が自分の中にあったのだ。

芳樹にとってはそんな、封印したはずの幼馴染みへの想いだったけれど、菜摘はずっと気持ちを保ちつづけてくれたのだ。

菜摘の健気な心に応えるまで何年もかかってしまった自分が情けない。

「ずっと待たせてごめんね。これから……ちゃんと応えるから」

小さな胸のふくらみを撫でた手を滑らせて、細い腰を抱く。

「うふ、うれしい。お兄ちゃんのおチ×チンの、はじめての相手になれるんだもの」

きっと恥ずかしいし不安だろうに、健気に菜摘は脚を拡げて、ピンク色の処女窟をさし出してくれる。

芳樹の初クンニリングスで絶頂したばかりだ。

姫口は咲き、膣道を満たした花蜜が内ももまできらきらと光らせて、準備万端だと教えてくれる。

昨日の夜、お風呂で膣口に指を挿れてみたと菜摘は告白した。

けれど、少女の細い指とフル勃起の牡肉ではまるで太さが違う。

「もし痛かったら、すぐにやめるから」

芳樹は肉槍の穂先に手を添えると、ゆっくりと腰を進める。

くちっ。

亀頭の先と小陰唇が触れた。

「んっ」

童貞の先走りと、クンニリングスでイッた処女の花蜜は、どちらもアドレナリンが働いて量も濃さもたっぷりだ。

「は……ああうっ、菜摘ちゃんのオマ×コ、柔らかくて、ふわふわだ」

「お兄ちゃんのおチ×チン……あったかくて、なんだか……安心する」

ぷちゅ、くちゅっと、子供性器が触れて水音をたてる。

菜摘の性器は初体験の予感にひくつき、温かい蜜をにじませる。

無毛の谷間にひそんでいた敏感な雛尖は充血して、薄皮のフードからちらりと頭をのぞかせていた。つるりとした桃色の少女真珠を、ひと足先に大人になった芳樹の陰毛がくすぐる。

「熱くて、太いのがくっつく。あんっ、苦しいけど……ちょっと気持ちいいかも」

性の悦《よろこ》びを知ったばかりの早熟な身体は菜摘が混乱するほどの快感を生む。

「ああ……菜摘ちゃんのオマ×コに呼ばれてる……ううっ、止まらないよ」

みち……みちっ。

宝玉のように充血した童貞亀頭が、膣口に沈んでいく。

菜摘の柔らかい手でしごかれるのは自慰とは段違いの心地よさだったが、本物の膣口にはまるでかなわない。

未発達サイズとはいえ、少女の膣道は男性器を招き入れ、快楽を与えて射精させる、生殖のために特化した器官なのだ。

(狭い。きつい。ぬるぬるであったかくて……最高だ)

童貞とはいえ、処女喪失が痛みをともなうと知っている。

ゆっくり、静かに挿れたいのに、処女膣が早く来て、と誘うようにひくつくのだ。

ずり、ずりと膣襞を一枚ずつ押しのけて肉茎が進む。

「う……ううっ、菜摘ちゃんの中に入りたいっ」

「うん。あたしを……彼女にして。思い出をちょうだい」

こりっと硬い感触が肉茎に伝わった。いちばん太い亀頭の裾が姫口を裏返して菜摘の中に侵入したのだ。

その先はさらに狭い。好奇心旺盛な少女の指すら未踏の地だろう。

「んんっ、あっ……はああっ、おチ×チンがぐいって大きくなってる」

真下にいる菜摘の表情は苦しそうだ。閉じたまぶたがひくついている。

(きっとこの先に処女膜があるはず。破れたら、痛いんだろうな)

菜摘を傷つけたくない。芳樹がためらっていると、菜摘がまぶたを開いた。

「平気。奥まで……して」

「だって……女の子のはじめてって、つらいんだろ」

下になった菜摘がくすりと笑った。

「ばか」

細い腕が芳樹の首にまわる。手のひらは汗ばんでぐっしょりだ。

「逆あがりだって、マラソンだって……勉強だって、つらいからってやめたら、楽しくないじゃない。お兄ちゃん、最後までして」

首にまわった腕に力が入り、菜摘は自ら腰を押しつけてくる。

「あううっ、菜摘ちゃん、深い……はううっ」

にち……ずちゅっ。

「ん……んんっ、お兄……ちゃん、あううっ」

最後までしようと誘ったけれど、やはり菜摘は苦しそうだ。

耳を真っ赤にして、唇を噛んでいる。

「少しずつ……挿れるよ」

「だめ。ゆっくりだと、痛い。思いきって……きてっ」

菜摘の脚が、バレリーナみたいに開いた。

芳樹の太ももに、少女のふくらはぎが絡みつく。

ぎゅっと腰を引きよせられた。

ぬぷっ。

「くああっ、菜摘ちゃん、無理しないで……ああ、きついっ」

亀頭の裾が急激に絞られた。

「あ……あう、お兄ちゃん……好き……あううっ、深く、ひ……いいいっ」

菜摘の悲鳴と同時に、肉槍が膣道の奥まで、一気に吸いこまれる。

「く……あああっ、菜摘ちゃんの中に……オマ×コに、ぜんぶ、入ってるっ」

菜摘が処女を失った瞬間だった。

「はあ……狭いとこ、通りすぎたら……なんか、すっきりする」

無理して笑顔を浮かべてくれるけれど、喪失の瞬間は痛かったのだろう。

つやつやのゆで卵みたいな額には、汗の粒が光っていた。

こんな小柄な女の子の、いたいけな細穴に、中学三年の大人サイズの勃起が根元まで入るとは信じられなかった。

けれど、芳樹が結合部を見おろすと無毛の恥丘の谷に、大人になったばかりの肉茎がすべて収まっているのだ。

「う……ふ。お兄ちゃんのかたち……わかる」

菜摘の身体から緊張がとけた。マラソン大会を走りきったゴールあとみたいに、つらそうだけど、くったくのない笑顔を浮かべていた。

「あ……なんか、おなかの奥が、すっきりしたみたいな……うふ」

破瓜《はか》の痛みが終わって、今は疼痛《とうつう》だけが残っているようだ。

こりこりと硬かった膣口も柔らかくなり、肉茎の根をきゅんと締める。

「ああ……菜摘ちゃんっ」

自分が少女を女にしたのだという実感がわいてくる。誇らしくてうれしいけれど、同時に菜摘をずっと守ってやりたいという、正義の味方みたいな思いが生まれた。

「うふ。あのね、男の人のこと、勉強したから……お兄ちゃん、動いていいよ」

菜摘が芳樹の背中を、ぽん、ぽんと優しくたたく。

自分の手で射精させた経験から、男の生理をわかっているのだ。

「ああ……痛かったら……」

「だからっ、痛くてもいいの。お兄ちゃん、あたしの中で、出して」

慈母のような瞳が芳樹を見つめている。

ぎゅっと抱きしめると結合の角度が変わって、肉冠が膣襞に擦られる。

芳樹の性器に当たっている、すべての粘膜が、はじめて他人の肉体に触れている。

そう思うと、襞の一枚ずつがいとおしい。

「うう……菜摘ちゃんの中に挿れてると、幸せだ」

にゅちゅ、くちゅっ。

子供から大人になったばかりの膣肉が、うれしそうに花蜜をにじませる。

「う……くっ、オマ×コの奥がとろとろで、溶けそうだよ」

挿入前から射精寸前だったのだ。快感のボルテージがすぐにあがってくる。

「うんっ。あたしの中……お兄ちゃんを気持ちよくできてる？」

芳樹の尻にまわした細い脚が、リズムを合わせて動いてくれる。

「く……はあっ、すごく、いいよっ、ああ……菜摘ちゃんっ」

限界はすぐに訪れた。

童貞を捨てる最初の射精だ。

「く……ああっ、イクよっ、出す……出るよっ」

「あっ、あ……太い。大きくなって……んんっ、ぶるぶる、きてるっ」

どっ、どく……どぷっ。

強烈な悦が十五歳の肉茎を走る。

身体のエネルギーをすべて圧縮した、熱い塊が肉棹を駆け抜ける。

「くうっ、菜摘ちゃん……奥に、届くよっ」

とぷっ、とぷりっと精液が未成熟な子宮めがけて飛び出していく。

「あーん、お兄ちゃんの、あったかいのが……暴れてるのが、わかる」

菜摘がぎゅっと脚を縮めて深い結合を求める。

「キスして。出しながらキスして。好きって言って」

菜摘の顔は、今までに見たことがないほど真剣だった。きりりと眉があがり、まっすぐに、芳樹の脳内を見透かすような視線だ。

「ああ……菜摘ちゃん、好きだ。大好きだ。ずっと……昔から大好きだったよっ」

腰が抜けそうなほどの快感を得ていると、射精の勢いで菜摘に伝える。

「ん……はあっ、お兄……ちゃんっ」

芳樹は猛りの牡液を注ぎながら、ひたすら菜摘の唇を味わった。

第三章　秘密のおしっこ遊び

1

鳥の声が聞こえる。

冬の朝は空気が澄んでいるから、遠くの山にある寺の鐘もよく聞こえる。

スマホのタイマーもなしで、すっと目が覚める。

冬休み前、中学の学期中は毎朝遅刻寸前に母親に起こされたというのに不思議だ。

暖かい布団の中は、昨日、ふたりではじめてのセックスを経験した菜摘の甘い匂いでいっぱいだ。呼吸をするだけで幸せな気分になる。

(菜摘ちゃんの髪、おっぱい……あったかくて、いい匂いがしたな)

思い出すと、ついにやけてしまう。
(あれ……なんだか布団が変だ)
部屋着で寝ていたはずなのに、下半身に服の感触がない。
いや、それどころか脚に布団の重さも感じないのだ。
天井から自分の布団に視線を移す。
グレーのスカートが布団の上でふわふわと浮いていた。
「うわっ」
びっくりして上半身を起こす。
「あはは。やっと起きた」
ソプラノの声が布団の中に響く。
かけ布団をめくると、黒いブラウスを着たいたずらっ子が笑っていた。
「インターホンが鳴らないし、裏口の鍵はあいてるし……泥棒だったら大変だよ」
猫の伸びみたいに上半身を伏せている。
その顔の前には、縮こまった男性器がある。
眠っているあいだに服を脱がされたらしい。
芳樹のスウェットパンツと下着はきちんと畳まれて、布団のわきに置かれていた。

「そんなことより……なんで脱がせてるんだよ」

驚いたけれど、眠っている男の下半身を少女の手が裸にしたと思うとドキドキして、叱る気など起こらない。

黒いブラウスにグレーのスカート、そしてナマ脚とくるぶしまでのホワイトソックスというお嬢様スタイルがまぶしい。

「だって……昨日もおとといも、ギンって大きくなってるところしか知らないから」

細い指がうなだれた陰茎をちょんとつつく。

「普通のときをチェックしたかったの。しょぼんとしてても、パパのより大きい」

罪のない笑顔で童貞を卒業したばかりの少年棹を指で撫でる。好奇心旺盛な子猫が毛糸玉にちょっかいを出しているみたいだ。

「あとね……ふふ。おもしろかったな」

「なにが」

「さっき、あたし……お兄ちゃんの先っぽにふーってしたら、ぴくん、だって」

脱力しているから亀頭は半分ほど包皮に隠れている。その先端に、唇をすぼめた菜摘がふーっと温かい息をかけた。

「ううっ、くすぐったいよ」

「えーっ、くすぐったいだけなんだ。つまんないな」

根元を指でいじりながら、菜摘はふーっ、ふっと熱いコーヒーを冷ますように湿った吐息をかけてくる。

「く……菜摘ちゃん、ああ……続けて」

亀頭を極薄の絹でさわさわと撫でられる感覚に、若棹が充血していく。

「やっぱりおチ×チン、うれしいんだ」

パジャマ代わりのトレーナーに頭を突っこんできた。

「これ、じゃま。ぜんぶ脱いで」

男性器と顔を見比べる美少女に命じられて逆らえるはずがない。

あお向けになった全裸の十五歳と、その股間にちょこんと座る十二歳。

大型犬が服従のポーズを飼い主に向けているみたいだ。

菜摘がペットの下腹に顔を伏せる。

ツインテールの穂先が芳樹の腰を撫でた。

とがらせた唇と、むくむくと勢いを増す亀頭のあいだはほんの数センチだ。

「あたしね……おとといい、ほんとは……」

瞳をきらきらさせて、自分が育てた肉茎を満足そうに眺めている。

「お兄ちゃんのおチ×チンを、お口で、したかったの」

(お口でって……フェラチオのことかっ)

菜摘の言葉だけで射精しそうになった。

まだランドセルと黄色い学帽で小学校に通っている少女から、口で愛撫したいと言われたのだ。

「そんなエッチなことする子は……嫌いになっちゃう？」

「まさか。うれしいよ。好きになる。いや、もともと好きだけど、もっと大好きに」

頭の中が桃色に沸騰して、しどろもどろになる。

一気に完全充血して包皮を脱いだ亀頭から、早くも先走りの露がじゅんと漏れた。

「わぁ……おチ×チンのよだれだ。うれしいんだね」

うれし涙をこぼす男性器に歓喜の声をあげる。

そして顔を伏せると、唇で亀頭の先に優しくキスをした。

「あううっ、菜摘ちゃんっ」

柔らかな唇が、亀頭に触れた。

ただのキスなのに、腰が砕けそうな快感が走った。

幼い頃から優しい両親に大切に育てられ、ママの作るチョコチップのクッキーが大好きで、歌も上手な、そして低学年から英会話教室で本場の発音を習った唇が、芳樹の牡肉に愛のこもったファーストコンタクトをくれたのだ。

数秒の亀頭キスのあと、唇を濡らした先走りをぺろりと舐めた。

「んふ……へんな味。ちょっとしょっぱいね」

菜摘は芳樹を見つめたまま、あーんっ、と声を出して唇を開く。

「気持ちいいときは……ちゃんと言うんだからね」

ひんやりした指が肉幹の根元を握り、上を向かせる。

「くうう、あったかい」

開いた口が亀頭を包む前から、少女の体温を感じる。

「ん……ふ」

ぱくりと男の先端を咥えた。

「くああっ、気持ちいいよ」

亀頭を包まれただけで、腰が震える。

「んふ……ちゃんと言えたね……んく」

菜摘が亀頭を口に含んだまましゃべると、声の振動が敏感な穂先に伝わる。

「あは……アイスクリームみたいに溶かしてあげる」

ちろりと舌が亀頭を撫でた。

「ひいいいいっ」

強烈な快感に悲鳴を漏らしてしまった。

「ほらぁ……ちゃんと言うのぉ」

唾液でコーティングされた舌が亀頭を這《は》い、尿道口をからかう。

「あひ、いいっ、感じる。チ×ポが溶けそうだよ」

芳樹の表情をうかがう目がとろんとしている。

「うふ……んっ、これは？」

唇が閉じて、肉茎のくびれをきゅっと締める。

「ほあぁっ、それも……すごく、うれしいっ」

芳樹の腰がかくかくと上下してしまう。

三歳下の小学生に翻弄されっぱなしだ。

「んあ……もっと、ぬるぬるに、するね」

口に肉茎を含んでいるから、菜摘は鼻で呼吸している。その空気の流れが芳樹の茂みをくすぐるのさえ心地よい。

十二歳の唾液が舌を伝い、亀頭冠に塗りこめられる。

「あ、お兄ちゃん、そんなにうれしそうな顔をするんだ。うふ。またやってあげる」

自分の唇と舌の動きで芳樹がもだえる様子を観察される。

小悪魔チックないじわる笑顔は、少女がいくつも持っている顔のほんのひとつだ。

「ほあぁっ、菜摘ちゃん、エッチだよ。大好きだっ」

とろりと漏れた先走りを温かくて柔軟な少女舌がすくいとる。

ほんのわずかな舌のざらつきが、敏感な肉の兜《かぶと》を歓喜させる。

「あん……口の中がお兄ちゃんの味でいっぱい……んふ」

舌の動きが尿道にじんじん響く。

陰嚢の奥がきゅんと冷たくなる。

魂が抜けるほどの快感だ。

「くううっ、すぐにイキそうだよ……出すときはちゃんと言うから、離れて」

「んん……もっと、おもらししていいよ」

プールで顔を水につける前みたいに、眉を寄せて息を止めてから、頬をくぼませて
きゅっと亀頭を吸った。

「あううっ。精液、出る……もうすぐ、ああう、逃げてっ」

股間にしゃぶりついた艶やかな黒髪に手を添える。

「ん……っ、お兄ひゃん、だひて」

けれど、菜摘は口を離すどころか、かぽうっと音をたてて肉茎を深く咥えた。

柔らかい舌根に、肉槍の先端が擦れる。

快感の稲妻が肉茎を走った。

「お……おおおっ、あううう……イクっ、だめだっ」

がまんする気力さえなかった。

どっ、どくり……とくぅ。

少女の狭い口中に、朝一番の濃厚精液を放つ。

牡肉を根元まで咥え、芳樹の陰毛に鼻を埋めた菜摘が目を丸くする。

「ん……っ、んんっ、んーんっ」

精液の量と濃さに衝撃を受けているのだ。

「あううっ、ごめん。口を離して。出して……ああっ、止まらない」

びくびくと脈打つ肉茎が、少女の清らかな舌と喉に、牡の快楽粘液を流しこむ。

最初は涙目で懸命にこらえていた菜摘が、ついに唇から肉茎を放した。

「うう……苦いよぉ」

口の中も鼻腔《びこう》も、漂白剤みたいな精液臭で満たされているのだ。

耳を真っ赤にして苦しそうだ。

芳樹はあわててティッシュを取ろうとするが、この部屋にはない。

布団から飛び出した芳樹の手を、菜摘がぎゅっと握った。

「ん……らいひょうぶ」

布団の上に座った少女は、斜め上に顔を向けると、こくん……と喉を鳴らした。

「だめだよっ、汚い……出して」

芳樹は自分の手のひらを皿にして、唾液と精液で濡れ光るバラの唇に添えた。

だが菜摘は、んーっと鼻を鳴らし、まぶたをぎゅっと閉じたまま、こく、こくと喉を鳴らして精液を嚥下《えんか》する。

数秒間、苦しそうに口の中を舌で舐めまわしてから、やっとまぶたを開いた。

「う……ふ。もう、おそいもん」

ぜんぶ飲んだよ、と証明するように、んぱあっと大きく口をあける。

色ガラスみたいに真っ白に輝く前歯と、ローズピンクの舌を見せてくれる。

「お兄ちゃんの精子……消化して、あたしの身体になっちゃうね」

にっこりと笑って芳樹を見あげる少女は、もう天使の顔に戻っていた。

2

少女の初フェラチオで小さな口に発射して、もう腰が抜けそうだ。

全裸の芳樹の太ももに、服を着たままの菜摘が小さな頭を乗せている。

朝日を受けて艶やかに光る髪を撫でると「にゃーん」と猫の真似でうれしそうに頭をぐりぐりと擦りつけてくる。

家財道具が残されていない、殺風景な部屋が甘い湿気に満たされている。

だが、芳樹は落ち着かない。

(まずい。トイレに行きたいけど、ムードを壊しちゃうなあ)

菜摘の肩を優しく抱いて起きあがらせる。

「あの……お茶を取ってくる。菜摘ちゃんだって、喉が渇いたよね」

つい数分前にも、口をゆすいできたらとさりげなく離れようとしたのだ。しかし菜摘はぷうっと頬をふくらませて、せっかくお兄ちゃんの味が残ってるのに、と小悪魔スマイルを返してきた。

「うん。じゃあ、いっしょに行こう」

菜摘は起きあがって、芳樹の手を引っ張る。せめて下着を穿こうとしたが、早く、早くとせかされて、全裸のまま廊下に引っ張り出されてしまった。

こうなればしかたない。

「あの……ごめん、ちょっと……寄っていく」

まつわりつく少女の前で、トイレのドアノブをつかんだ。

すると菜摘は、きゃっとうれしそうに片手を挙げた。授業中の質問のサインだ。

「お兄ちゃんは……うふ、精子を先っぽの穴から出したじゃない。じゃあ、おしっこはどこから出るの」

「どこって……同じ穴だよ」

破裂寸前の膀胱《ぼうこう》を抱えた芳樹は、いやな予感がする。

「見たいな、お兄ちゃんのおしっこ」

「ばか、なんでそんな汚いこと」

「だって、女子はおしっこと赤ちゃんの穴が別だもん。ずっと前から……興味があったの。どうやって使い分けてるのか、知りたい」

そんな質問をされても答えようがない。もう限界だ。

「いいから、台所で待ってて」

ドアをあけると、菜摘は猫みたいにするりと芳樹のわきをすり抜けた。

「えへ。もう出てかないもん」

狭いトイレの床にしゃがむと、菜摘は全裸で立っている芳樹の肉茎をつまんだ。

「やめろよ、ほんとうに出そうなんだから」

「うん。さっきは白いのをぴゅーって出してくれたから、今度はおしっこ」

菜摘はためらいもせずに、射精の名残が残っている亀頭を指先で撫でる。

「あううっ、そんな……苦しいっ」

膀胱は限界なのに、みるみる勃起してしまう。十五歳の精力は限界知らずだ。

勃起したまま、おまけに菜摘に触られたまま便器に命中させる自信などない。

「うふふ。お兄ちゃん、大きくなると出せないの？」

「違うよっ。まっすぐに飛ばなくなる。いいからひとりにして」

排泄欲求と性欲と羞恥がいっしょくたになって、芳樹の背中を汗が伝う。

「じゃあ……えへへ。どこに出してもいいところに行こうよ」

罪作りな手が肉茎を握ってぎゅっと引っ張る。

「だめだって、うう、漏れるから……」

だが、菜摘は男のバルブを握ってぐいぐい先導する。廊下を進んだ先は浴室だ。

「ほら、ここなら飛び散っても安心でしょ」

アルミ扉をあけて全裸の芳樹を押しこむ。

やっとひとりになれた。脳が命じるよりも早く、尿道が弛緩する。

勃起したままの若棹から、勢いよく放出する。

解放感でため息をついた。浴室に湯気がたつ。

古い家だ。タイル張りの床は冷たいので、浴室マットを敷いてある。ウレタンのマットをたたく水音が盛大に響く。

「えへへ。すっごいね……」

背後のアルミ扉から菜摘が顔を出していた。水音が大きくて気づかなかった。

「やめろよ、恥ずかしい……ええっ、なんで裸なんだ」

菜摘は大急ぎで服を脱いだらしい。ウエストに残るパンツの線が悩ましい。

驚いても、勃起から放物線を描く水流は止まらない。

「うふ、あとでシャワー入るんだもん」

大理石のギリシャ彫刻みたいに輝く裸体が芳樹のわきに膝立ちになる。

「だめだよっ、ああ……止まらないんだから」

放尿を続ける勃起を、菜摘の手が握る。

肉茎の角度が変わって、壁に水流が跳ねる。

「うわあ……どくどくいってる。ほんとに精子と同じ穴から出るんだ……」

牡のホースに見入っている。

壁から跳ね返った水滴が肩や、ぷっくりと腫れたような第二次性徴バストにかかっても気にしない。

「えへへ。お兄ちゃんのおしっこ、あったかい」

それどころか、目を輝かせると芳樹の肉ホースを自分の身体に向けたのだ。

(まさか……菜摘ちゃん、自分の身体に)

少女の聖なる乳房を少年の尿が直撃する。

「ああん……やっとかけてもらえた。ずっと前から……あんっ」

しょぼぼぼっ、という鈍い水音が浴室に響く。

「もっと、じょぼじょぼして……んっ、おっぱいをぐっしょりにして」

うっとりした表情で、ウレタンマットに膝をついて正面から男の小便を浴びる。

「あーん、とろとろしてる。お兄ちゃんの匂い、大好き」

ふっくらした少女のおなかに刻まれた浅い臍《へそ》を黄色い温水が伝い落ち、湯気をたてて無毛の恥丘から幼裂に流れこむ。

少女に小便を浴びせる。罪深い行為なのに、勃起は加速する。

尿道からほとばしる大量の液が、擬似的な射精感まで与えてくれる。

「くううぅ、菜摘ちゃん、汚いのに……ううっ、すごく、きれいだ」

新鮮な尿の、血にも似た金属臭に包まれた菜摘の姿が、芳樹の目には泉から現れた女神みたいに映る。

(そうだ。この感覚……昔、同じように)

芳樹がまだ小学校の三年か四年で、大雪の朝だった。

通学路にある公園も真っ白になっていた。誰の足跡もない、ただ清らかに白い曲面だった。今、目の前にいる菜摘の下腹や太ももに似ていた。

そして性欲すら知らなかった少年は、衝動的に包茎のミニ性器を取り出し、新雪に黄色い小水を撒《ま》き散らしたのだ。

完璧にきれいで、近寄りがたいものを汚水で貶《おとし》める背徳感にぞくぞくした。

記憶に刻まれたアブノーマルな快感が蘇る。

「ううっ、おしっこまみれの菜摘ちゃん……かわいいよっ」

「あはあ……あたしのぜんぶ……お兄ちゃんのおしっこ色になっちゃった」

勃起を握った菜摘の唇が緩んでいた。

濃厚な尿臭が菜摘の肌に染みこんでいる。

「あたし、お兄ちゃんのおトイレになっちゃった……」

満タンだった膀胱が、ようやく空に近づく。

最後の放出だと菜摘にもわかったらしい。

少女の手が、ダイレクトに亀頭を覆った。

「ああっ、汚いよっ」

菜摘は小水まみれになった手を自分の胸に当てると、小ぶりなおっぱいに塗りこめるように、ぎゅっ、ぎゅっと揉む。

「ん……ふ。好きな子におしっこをかけるのって、興奮した？」

マットに膝をついて芳樹を見あげる瞳が妖しく輝いている。

バラ色の唇の端がくいっとあがった。小悪魔モードに変身だ。

「う……うん。すごく悪いことをしてるみたいで」

芳樹の顔が赤くなる。

妖精みたいな美少女を汚すのは、小学生の頃に新雪に立ち小便で黄色い曲線を書いた延長だけれど、その何百倍もの背徳感と快感だった。

「あたしも……やってみたい」

芳樹はドキリとした。

「お兄ちゃんに、おしっこ……かけてみたいな」

今まで女性の放尿姿を夢想して欲情することはなかった。もし万一、女子トイレをリスクなしにのぞけるとしても、女性器にしか興味はなかっただろう。

今は違う。菜摘の温かいおしっこを全身に浴びてみたいと心の奥で思っていた。

「いっしょに秘密を作ろうよ、お兄ちゃん」

答えは決まっていた。けれど喉がひりひりと渇いて、返事ができない。

言葉よりも先に身体が動いた。

浴室マットにあお向けに寝る。がちがちの勃起肉が震えている。

「うう……菜摘ちゃん、上から……かけてっ」

「ええ……？　恥ずかしい。お兄ちゃんの……ヘンタイ」

頬を赤く染めながらも、十二歳の少女は芳樹の腰を跨《また》いだ。

とんでもない景色に芳樹は呼吸を忘れた。

男の小水で濡れて光る、少女の裸体が真上にある。

斜め下から見あげると菜摘は困り顔で芳樹を見つめ返す。

両手を胸の谷間でぎゅっと組んで、教会でのお祈りみたいなポーズだ。

下から見ると細いウエストに対してふくらみかけの乳房が大きく見える。脚を肩幅に開いている。脚のあいだで幼裂がぱっくりと割れている。チェリー色の薄い扉の内側に明るいピンクの姫口が咲いていた。

少女の膣前庭の端には、小粒なクリトリスがちらりと顔を出す。

そのあいだに尿道口がある。盛りあがった粘膜は姫口よりも少し色が淡い。

芳樹の視線は、そのごく小さな穴に注がれている。

「うふ……出すね」

3

ウレタンのマットに寝転がった芳樹は、アブノーマルなおしっこ遊びへの期待で今にも射精してしまいそうだ。

斜め下から見あげると、菜摘の印象が大きく変わる。

張り出したおっぱいの谷間の上からうつむいた顔。二重の目が大人びていて、鼻はつんととがっている。

芳樹は自分が年下になって、エッチなお姉さんに遊ばれているような気分になる。

浴室の蛍光灯で逆光になったツインテールがきらきら光る。

「ん……っ」

眉根を寄せ、胸の前で両手をぎゅっと握った少女の下腹がきゅっと縮んだ。

真上にある繊細すぎる小穴が、一瞬だけ震えた。

「あっ、出そう」

菜摘の声はか弱い。

芳樹の腰を挟んだ小さな足のつま先が、きゅっと丸まった。

しょろ……。

最初のひと搾りは陰唇にさまたげられて、菜摘の内ももをゆっくり伝った。

「ああ……菜摘ちゃんのおしっこ……っ」

少女の芳香を嗅ぎたくて、芳樹は頭を持ちあげる。

ちい……しょおっ。

二番目の放射は勢いがあった。

断続的に放たれた少女のエキスは芳樹の下腹を打った。

「あったかい。うう……エッチだよっ」

「あーん、止まらない……」

本格的な放尿がはじまった。

しゅり……しゅりいいっ。

小水がスプリンクラーみたいに放射状に拡がり、芳樹の身体に降り注ぐ。

女性の身体の構造では、立ったまま、陰裂に手を添えずにまっすぐ放尿するのは難しいようだ。

少女のホットレモンジュースは、酸味のある香りだ。

「菜摘ちゃん、もっと、いっぱい、かけて」

飼い主にマーキングされたい犬になって、浴尿をねだる。

温かい体温を凝縮したように温かくて、ただの湯とは違ってぬるぬるぬるぬしていた。

大量の汗をそのままぶっかけられているようで頭の中が熱くなる。

「あう……お兄ちゃん、顔……だめ。よけてぇ」

菜摘が腰を引くが、自分では方向をコントロールできないようだ。

十二歳の小さな身体には似つかわしくない、強いひと筋がしょばあっと芳樹の首や鎖骨に浴びせられた。

水流は跳ね返って、霧のように芳樹の顔に降る。

「はああっ、菜摘ちゃんのおしっこの味……っ」

少女のスープは海水にも似た、塩味と苦み、そしてわずかに甘さも混じった複雑な味わいだ。

鼻に抜ける金属臭もスパイスになっている。

十五歳の恋人の顔を汚した菜摘は唇を嚙むけれど、排尿は止まらない。

「は……ああん、お兄ちゃん、あたしのおしっこ、好き……？」

「好きだ。菜摘ちゃんの身体から出るものはなんだって大好きだ」

「ふわ……あたしも、ヘンタイになっちゃった。おしっこ、楽しいんだもん」

膀胱から放たれる小水の勢いが落ちてきた。

最初に放たれた尿はぬるかったが、だんだんと温かくなる。

勃起の芯に、ちゃぱ、ちゃぱぁっと美少女の排泄シロップが命中する。

肉茎に当たった濃い匂いの甘露が流れ、亀頭や陰嚢を洗う。

「あううっ、菜摘ちゃんのおしっこ、熱い。チ×ポが……溶けそうだっ」

とろとろと先走りの露が漏れるが、すぐに聖なる熱水で洗われる。

「あーん、なんか……いやらしくて、ドキドキするよぉ」

おしっこを浴びて喜ぶ男を見おろす瞳はうるみ、小さな鼻がひくついていた。

ロリータバストの頂点では乳首がぷっくりととがっている。

年上の少年に尿をかけ、自分の匂いをつけてマーキングする、倒錯的な行為に興奮しているのだ。

放出の勢いが落ちていくと、菜摘の脚がかたかたと震えはじめた。

「はっ……ああ……もう、だめぇ。あの……中が、エッチになってる」

菜摘は胸の前で組んでいた手を、恥丘に沿わせて幼裂を割った。

ぽた……ぽたと水滴がゆっくり糸を引いて牡肉に垂れる。小水だけでなく、発情の蜜も混じって、粘りを増しているのだ。

「お兄ちゃん、あたし、おチ×チンを……ここ、オマ×コで食べちゃいたい」

菜摘がはじめて、自分の性器を淫語で呼ぶと、二本の指で姫口をぱっくり開く。

花蜜でとろとろに濡れていた。

線香花火の、最後の光みたいにつぅ……と落ちた滴が肉冠の裏を焼いた。

「ああっ、僕だって食べられたい。僕のチ×ポは菜摘ちゃん専用だよ」

芳樹は身体を起こそうとしたが、ウレタンマットは男女の尿でぬるりと滑る。

まごついているうちに、菜摘がゆっくりと腰を落としてきた。

「ああん……おしっこの匂いでエッチな魔法にかかっちゃったみたい」

膝を開き、処女を失ったばかりの陰裂を勃起の上に当てて座る。

「ううっ、菜摘ちゃんのオマ×コ、ぬるぬるで、あったかい」

ふたりぶんの小水でねとねとに濡れた互いの性器をすり合わせる。

ぬっちゃ、ぬっちゃと淫らな水音が尿臭に満ちた浴室に響く。

「はああ……お兄ちゃんのおチ×チンだって熱いよ。やけどしちゃいそう」

ねばつく細い指が肉茎を上に向けさせる。

その先には、ぐしょ濡れの姫口が待っていた。

にゅぷっ。

膣口がおりてきて亀頭にキスをする。

「あううっ、オマ×コが昨日よりずっと柔らかくて……滑るっ」

発情期の尿に含まれる成分で交尾相手を探す、動物の本能が蘇ったみたいだ。菜摘の膣内に射精することしか考えられない。

「んあっ、お兄ちゃんの、するする入ってくる。あたしの身体がエッチになってる」

処女を失ってからひと晩で、菜摘の内側は変わっていた。

はじめて受け入れた男のかたちに合わせたように膣襞がほぐれている。

「く……ああっ、菜摘ちゃんの中、とっても気持ちいい」

硬かった膣口はゼラチンみたいに柔らかいのに、肉茎をきゅんと締めつける。

「あーん、あたしも……昨日より、ずっとじんじん、しびれるよぉ」

膝を開き、芳樹に騎乗した菜摘が腰を臼のようにゆっくりとまわす。

芳樹がセックスに必要だと思っていたピストン運動はしない。

十五歳の男と十二歳の少女では、快感を得る動きが違うのだ。

「はっ……いい……これ、お兄ちゃんのおチ×チンが、オマ×コにぴったりで」

半開きにした唇から淫語といっしょにつうっとよだれが落ちそうになり、あわてて

手の甲で拭いている。育ちのよい菜摘が、ふだんなら絶対にしないしぐさだ。

（菜摘ちゃんがエッチで、下品になるところをもっと見たい）

芳樹が自分の快感を優先して突きあげても、菜摘には逆効果だ。

「ん……んんっ、あーん、中でびくびくしてる……はああっ、怖いくらい好きっ」

処女膜を失ったからこそ味わえる、はじめての膣内性感に困惑しながらも、少女の

腰ひねりは止まらない。

ふたりの体温があがって、ねっとりした尿臭がアンモニア臭に変わる。

のっちゅ、のっちゅう。

強い臭気と獣の交尾みたいにねっとりした水音が、芳樹の性感を高める。

「はひっ、おしっこエッチ、気持ちいい。あたまが悪くなっちゃうぅ」

「くうっ、チ×ポを締めつけないで。すぐに出ちゃうよっ」

菜摘は一心不乱に尿まみれの身体で細腰をひねり、かくかくと首を振る。ツインテールが踊る。

もっと菜摘に感じてほしい。芳樹は上半身を起こし、結合部に中指を沈める。

「……んっ、は……ひぃんっ、お兄ちゃん、そこ……いいっ」

右手は菜摘の前から陰核へ。

左手は後ろにまわし、小ぶりなヒップの谷間に挿しこんで持ちあげる。

「ほんああっ、あーん。揺らされると気持ちいい」

菜摘が腰をまわす動きを手伝いながら、陰裂の端に隠れている陰核をくすぐる。

体重が軽くて、しなやかな肢体の少女が相手だからできる愛撫だ。

女の子の性感ポイントだと学んだばかりのクリトリスを指先で探り、むき出しの小粒を撫でると、菜摘は上半身を支えられず、芳樹に抱きついた。

「あふ、あひぃいっ、ヘンになる。なんか……おかしくなっちゃう」

対面座位でつながったロリータと少年が、ぐらぐらと揺れる。

「もっと……もっとおかしくなって」

菜摘のお尻を持ちあげようとして、指先にぷるんと触れるものがあった。

「あーん、そこ、だめえ」

ぷくんとふくらんだ、お尻の穴だ。

「ひゃ……はあん、お兄ちゃんの指……ヘンタイだよぉ」

泣きそうな声を出す。いやがっているのかと思ったが、菜摘は悲鳴を漏らしながらも腰を振って、芳樹の指に肛門をすりつける。

(菜摘ちゃん、お尻の穴も感じるんだ)

少女の身体には不思議がいっぱいだ。

若い肉茎で中心を貫いたまま、右手でクリトリスを、そして左手でひくつく窄《すぼ》まりをちょん、ちょんといじってみる。

「おひっ、ああう……お兄ちゃん……はああっ、ちゃんと支えてっ」

女の子の性感ポイントを同時に攻められて、菜摘は芳樹の肩に顔を当てると、じゃれつく子猫みたいにカジカジと前歯で首を噛んでくる。

芳樹の肩から胸を、菜摘のよだれが伝い落ちる。

「んっ、あっ、あーっ、すごいのきてる。なんか、熱いのっ」

菜摘の膣口がびくっ、びくっと痙攣した。

「お兄ちゃん、あたし……飛んじゃう。抱いて。ぎゅーしてっ」

ぎゅーして。

菜摘が小学校三年生のときに甘えていた言いかただ。

「ああ……菜摘ちゃん……菜摘っ」

深くつながったまま、芳樹は菜摘を抱きしめる。

半乾きのおしっこにまみれた乳房が潰れる。

「あーん、あううっ、だめ。くらくらする。あたし、溶けちゃうよぉっ」

がくがくと首を揺らし、全身を震わせる。

菜摘のはじめての絶頂だ。

「お兄ちゃん、出して。おねがいっ」

菜摘の絶頂と同時に、芳樹の肉茎を、最後の収縮が襲う。

「あううっ、菜摘ちゃん……いっしょにイクよっ」

どぷっ、どく……どぷっ。

膣奥に向かって精液をたっぷりと噴きあげた。

「はああっ、熱い。あたし……ずっとお兄ちゃんのものだよっ」

とろけた瞳で見つめられる。わななく唇がキスを求める。

幸せそうな笑顔を、芳樹は一生忘れない。

4

嵐のような絶頂ダンスを踊った菜摘は、がっくりとうなだれたまま、しばらく動かなかった。

ようやく顔を起こすと、えへへと照れて笑った。

甘えんぼうの子猫をたっぷりとあやしてから、浴槽の縁に座らせた。

古い家だから、シャワーからお湯が出るまで時間がかかった。

「ほら……頭からお湯、いくよ」

「あっ、お湯がかかるとゴムが傷んじゃう」

髪を洗おうとすると菜摘はあわてて、ピンクのボールがついたヘアゴムを外した。

長い髪がふわりと肩に垂れる。

細い首と耳が隠れるだけでお姉さんになったみたいだ。

「なあに？」

首をかしげる仕草も大人っぽい。

けれど、お湯をかけると子供に戻る。

髪を流すあいだはまぶたをぎゅっと閉じ、口をへの字にして耐える。

しっとり汗で湿っていた、つるつるの腋《わき》の下を手で洗うと、くすぐったがってけらけら笑った。

「次はおっぱいだよ」

第二次性徴で乳腺が張った乳房にお湯をかけて手で洗う。ぷっくりふくらんだ乳暈がマシュマロの柔らかさだ。

「あ……あん。またエッチな気持ちになっちゃう。あ……お兄ちゃん」

湯気に包まれた身体をくねらせた天使が、ようやく芳樹の下半身に気づいた。

対面座位ではじめての絶頂を経験した菜摘のとろけ顔があまりにもかわいくて、射精したばかりなのに、もう高ぶっている。

中学三年生は毎日の自慰だって性欲が鎮まらない。それが幼馴染みの美少女への生セックスを経験したのだ。

休んでいる暇などない。弓なりに反った肉の鉾《ほこ》がびくり、びくりと脈打っている。

「苦しそう。きっと精子をぴゅぴゅって、出したいよね」

芳樹にではなく、股間の屹立をペットあつかいして質問する。

「うふ……ねえ、お兄ちゃん」

菜摘はターンすると浴槽の縁に肘をつく。

「うう……菜摘ちゃん、ちょっ、すごいかっこうだよ……」

芳樹にお尻を向けて浴槽に向かって伏せ、伸ばした脚を開いている。

発情期の牝猫のポーズ。

お尻の谷間が開いて、充血した姫口どころか、すみれ色の窄まりまで丸見えだ。

「んふ。さっきは……あたしのために動かないでいてくれたよね。だから今度は、お兄ちゃんが気持ちよくなって」

ふりっ、ふりっとまんまるのお尻が揺れる。

姫口は芳樹の肉茎にこじあけられたまま、ぱっくりと桃色の粘膜を見せつける。

「あ……出てきちゃう」

十二歳の幼膣の奥からたっぷりと放たれた精液が、とろりとあふれてきた。

いつもはランドセルを背負い、黄色い通学帽をかぶって学校に通う六年生の、バラのつぼみみたいな半熟性器から、濃厚な牡液が垂れ落ちる。

もうたまらない。

「そんなふうに誘われたら……だめだ。挿れるよっ」

芳樹は獣になった。

浴槽の縁に肘をついた少女の姫口に、肉槍を突きたてる。

「お兄ちゃんが簡単に入っちゃう。あたし、エッチになっちゃった。くやしいなあ」

反り返った肉冠がめりめりと膣襞をこじあける。

後ろからの挿入ははじめてだ。

新鮮な角度でお互いの性感ポイントが擦れる。

「くうっ、獣になって菜摘ちゃんを犯してるみたいだ」

後背位での挿入は、女の子を支配しているような気分になる。

菜摘をもっと泣かせてやりたい。

腰を使って膣奥を突く。

「んひ……ああん、激しいの。すぐ……ぐっしょりになるぅ」

すぐにあふれだす花蜜が亀頭を包む。

くぽっ、くぽっと音が出るほど激しい抽送だ。

根元まで押しこむと、菜摘はひゃんっと甘い声を漏らす。

「ほら、奥まで入った。うう……オマ×コがあったかい」

「ふわ……前とか、座ってするのと、当たるところが違う……」

細いウエストだが、まだ大人のように明確な腰のくびれはない。

背中が抽送に合わせて前後に揺れる。首から二の腕にかけての曲線が丸くて肩が薄い。十二歳の身体はまだ発育途上だ。

伸ばした脚がぶるぶる震え、結合部のすぐ上にある肛門がひくつく。

髪からつま先まで完璧な美少女で全身から甘い匂いがする菜摘にも、排泄の穴がある。赤ちゃんのときはともかく、小学校にあがってからは、両親にだって見せたことのない場所だろう。

そう思うと、ぷにっと柔らかな窄まりがとても神聖な場所に思える。

「さっき……ここを触ってても感じてたよね」

指でちょんと蕾《つぼみ》の縁を撫でてみる。

まさか芳樹にお尻の穴をいじられるとは思っていなかったのだろう、

「あーん、だめえ。恥ずかしい」

菜摘が黒髪を振り乱して首を横に振る。

軽く触れただけで、放射状の皺《しわ》がきゅっ、きゅと締まる。

つられて芳樹の若肉を穿《うが》たれた膣口が締まるのが楽しい。

「恥ずかしいだけ？　気持ちいいんじゃない？　だって菜摘ちゃんのお尻の穴に触ると、オマ×コからとろとろがあふれてくるよ」

お尻の穴を揉みながら、ちょっといじわるを言ってみる。

「ば……ばかぁ、その……ぐっしょりしちゃうのが恥ずかしいんだからっ」

菜摘は顔を真っ赤にして振り返った。

「ほら……じゃあ、これは」

窄まりの渦の中心を指でとん、とんとノックしながら、同じリズムで肉茎をずん、ずんと送る。

「んは……あっ、あっ、だめぇ、ひゃん、あーん、エッチになるぅ」

すでにいちど絶頂している少女の膣道は敏感だ。

結合部から、先ほど放った精液と花蜜のミックス果汁が泡になってあふれる。

芳樹は菜摘のかわいそうなほど敏感な尻穴を指で翻弄しながら、ピストン速度をあげていく。

芳樹の腰と菜摘の尻肌がぶつかって、ぱん、ぱんっと淫らな音が浴室に響く。

「オマ×コの中がびくびく震えてる……菜摘ちゃん、またイキそう？」

「ひっ、ひん……ええっ、イキ……ってなあに？　わかんない……」

小学生だから絶頂は体験していても、イクという単語を知らないのだ。

「さっきみたいに、気持ちよくて溶けちゃいそうになることだよ」

「あっ、あれがイクなんだ……うふ。大人の勉強、しちゃった……ひゃん」

空気がぱんぱんにつまったボールみたいな感触の尻肉を片手でつかみ、菜摘を前後に揺さぶる。芳樹が動くのではなく、菜摘の尻が肉の杭《くい》を咥える動きだ。

尻肉が当たる拍手のような音に加えて、陰嚢が揺れて幼裂でちょこんと頭を出した雛尖を撫でる、ひた、ひたというリズムも加わる。

敏感な突起を刺激されて、菜摘の呼吸が乱れていく。

「ひゃっ、は……ああん、お兄ちゃん、もうちょっと、強くされたらイキそう……」

覚えたてのイクという言葉を使って、激しいピストンをねだる。

「いいよ。チ×ポ大好きの悪い子に……おしおきだっ」

ぬぽっ、ずぷっ。

腰を思いきり深く沈める。

熱い。そして、芳樹の肉茎にぴたりとサイズが合う。

処女を失って二日目、挿入での絶頂を知ってまだ数時間なのに、菜摘の膣道はどんどん芳樹に従順になっていく。

「ううっ、オマ×コの壁が……ざらざらが絡みついてっ」

情けない声を漏らしてしまうほど強烈な快感なのだ。

勉強もスポーツもできる万能女子は、性器まで物覚えがいいらしい。

「は……ああんっ、おチ×チンきてるっ」

最奥をたたかれた小学生膣が驚いたようにきゅっとざわめき、亀頭冠を締めつける。

「お兄ちゃん……イキたいの。ずこずこして。お尻いじって。あーん、前のとんがりもちゅくちゅくして。恥ずかしいの……好きなんだもんっ」

もう芳樹が腰をつかんでリードしなくても、菜摘は勝手に腰を前後に振る。にちゃ、ぷちゃっと花蜜をかき混ぜる音が漏れてくる。

鋼のように硬い若肉で菜摘を泣かせながら、ひくつく肛門に中指をつぷっと沈めてやる。さらに残る片手で前からクリ攻めだ。

「ひ……ひゃんっ、ああん……あひ、イク、イク、イッちゃうよぉ……っ」

背中でアーチを描いて絶叫する。

菜摘の膣道が蠕動《ぜんどう》する。芳樹も限界だった。

「く……あああっ、いっしょにイクんだ。出すよっ」

二発目の膣内射精も、どっぷりと濃厚なままだ。

「んは……お兄ちゃん、後ろからするのも……好きぃ」

若いふたりは、浴室の湯気の中でひとつになってとろけていった。

第四章　体操服女子と野外で

1

高台にある公園からは、懐かしい街が見おろせる。

小学校の卒業寸前まで過ごした街だ。

まだ街は正月休みのムードを引きずってのんびりとしている。

夏祭りが楽しみだった神社や、学校帰りに寄った文具店。

（あの路地にはでかい犬がいて……菜摘ちゃんはいつも吠《ほ》えられて困ってたから、いっしょに下校したな）

引っ越しがあわただしくて、この街と別れを惜しむ時間もなかった。

芳樹が通い、そして今は菜摘が通っている学校も見える。

ぱたぱたと走ってきた足音が真後ろで止まった。

「お待たせ、お兄ちゃん」

飼い主の帰宅にじゃれつく子犬みたいに、菜摘が腰に抱きつき、顔を擦りつける。

ふわっと健康的な汗の匂いがした。

「えへ。だいぶ運動しちゃった」

菜摘は上半身が紺色地に二本の白線が入ったジャージ、下半身は太ももの半ばまでのハーフパンツ姿。学校指定の体操着だ。

ジャージの胸には、芳樹も通った小学校の校章が刺繍《ししゅう》されている。

葛の花をあしらった校章は、ハーフパンツの裾にもプリントされていた。

冬休みのあいだに、菜摘たち六年生に与えられた課題が、下級生へのオリエンテーションと呼ばれる学年交流だ。卒業まであとわずかという六年生が、後輩に勉強や体育を教えるのだ。

菜摘はこの公園で、三年生の女子児童に縄跳びを教えたという。

「二重跳びとか、お手本をやりすぎて大変だったの」

冷たい風の中で、菜摘が吐く息だけ白い。

「お兄ちゃんとの最後のひと晩かあ。楽しみだけど……寂しいな」

手提げのバッグを振りまわす菜摘は、芳樹のダウンジャケットにすりすりと鼻を押しつける。子供の愛情表現だ。

芳樹は明日の夜、特急で現在の自宅に帰る。

そして今日から家族揃って親戚の家に泊まりに行くはずだった菜摘は、このオリエンテーションを口実に家で留守番となり、芳樹とふたりきりで過ごすことにしたのだ。

公園の中に人影はない。

「うふ。この公園……むかし、お兄ちゃんといっしょにいたら、大きな犬に吠えられて……覚えてる？」

「ああ。僕が五年生だったから菜摘は二年生かな」

散歩中に首輪が外れた大きな犬が、下校途中のふたりに向かってきたのだ。

菜摘はすぐにえんえん泣いてしまったけれど、芳樹は勇気を振り絞って、幼馴染みの女の子を守った。

というより、結局その犬も吠えながら尻尾《しっぽ》を振っていて、ただ小学生ふたりにかまってほしかっただけだったらしい。

だが、身長よりも大きな犬に迫られた記憶のせいで、菜摘は犬が苦手になった。

「あのときのお兄ちゃん、すごくかっこよかったよ。大好きになっちゃった」

えへっ、と恥ずかしそうに教えてくれる。

早熟な小学二年生は、そのとき以来、ずっと年上の近所のお兄ちゃんに恋愛感情を抱きつづけているのだ。

(うれしい。菜摘ちゃん……そんな昔から僕のことを好きでいてくれたのか)

並んで歩いていると、菜摘が腕を絡めてきた。

「お兄ちゃんに、重大な告白があります」

菜摘がいきなり妙なことを言い出す。

「あのね、あたしはこの公園で……最初にお兄ちゃんのおチ×チンを見たんだよ」

「えっ？　なんの話だ」

芳樹が面食らっていると、ジャージ姿の菜摘はえへへっと笑う。

「やっぱり知らなかったね。あのね、あたしが一年生でお兄ちゃんが四年生だと思うけど、この公園に雪が降ったとき、あたしはママに学校まで車で送ってもらったの」

菜摘は車の助手席に乗って、この公園に通りかかったという。

「そしたら……お兄ちゃんがぺろんっておチ×チンを出して、雪の上におしっこをはじめたの。びっくりしたな」

「う……うわっ、見られてたのか」

忘れもしない。好奇心から新雪に尿を撒き散らしたときだ。

菜摘とのおしっこプレイで、そのときの爽快感や興奮を思い出した。

「ふふ。お兄ちゃん、一生懸命おしっこで絵を描いてたもんね」

「やめてくれよ……まさか誰かが見てたなんて」

子供の頃のエピソードとはいえ、恥ずかしさに顔が赤くなる。

すると、芳樹の腕にぶらさがって歩く菜摘が、いきなりジーンズの上から男性器を触ってきた。

「あのときはちょこんってかわいかったのに、今は……びっくりするくらい大きい」

ジーンズ越しとはいえ、美少女の手に愛撫されれば瞬間反応だ。

むくりと下着の中で肉茎が充血する。

(外だっていうのに、エッチな気分だ)

まわりに人がいないのを確かめて、公園のベンチに菜摘を誘う。

ふたりで並んで木製のベンチに座ると、菜摘はジーンズの前ポケットに小さな手を滑りこませ、布越しに肉茎をきゅっと握る。

「ううっ、菜摘ちゃん……だんだんチ×ポの握りかたが上手になってる」

亀頭のくびれを指でつまみ、上に向かってしごく。

教えたわけではないのに、芳樹の反応を見て学んだようだ。

「あっ、あの神社……お兄ちゃん、覚えてるよね」

眼下にあるのはこの地域でいちばん大きな神社だ。

毎年、秋になると大きな祭りがある。

「ほら、これ……」

菜摘が芳樹のわき腹に、ツインテールの髪をぐいぐい押しつけてくる。

ピンクのボールがついたヘアゴムがきらりと光った。

「えっ……なんだっけ」

芳樹が引っ越したとき、小学三年生だった菜摘はそのヘアゴムを愛用していた。

この冬休みに再会したときも、最初にヘアゴムで菜摘だとわかったほどだ。

けれど、神社とヘアゴムが記憶の中で結びつかない。

「……ウソだよね。覚えてないの？」

菜摘が心底驚いた顔で芳樹を見つめる。

「あたしが小学校に入ってすぐのとき、いっしょに秋祭りに行って」

「うん……そうだな。うちと菜摘ちゃんの家族で行くのは恒例だったから」

ツインテールの黒髪が芳樹のダウンジャケットの上にふわりと拡がる。

「商店街の……花屋のおじさんがやってるくじ引きで、お兄ちゃんがプラモデルを当てたじゃない」

「覚えてるよ。ロッキード・マーティンのライトニングⅡ。高いモデルだったからすごくうれしくて。作るのがもったいなくて、今も大事にキットのまま持ってて……」

「そのときに、おまけで小さい袋をもらったでしょ」

菜摘の声が低くなる。

「えっ……そうだっけ」

記憶をたどるが、小学生の小遣いではとても買えないプラモデルをもらえたことで舞いあがり、その日の細かいことまで覚えていない。

「花屋のおじさんが、あたしたちのことを兄妹《きょうだい》だと思って、妹さんにもおまけだってこのヘアゴムをくれたんだよ」

言われてみればそんな気もする。

だが男子小学生、それも三年生か四年生にとってはプラモデルのほうが大事だ。

「お兄ちゃんがくじを引いて、それでもらえたヘアゴムだよ。だから……あたしが生まれてはじめて、お兄ちゃんにプレゼントされたものなんですけれど」

急に丁寧語になる。

「いや、でも……それって花屋のおじさんがくれたんじゃ」

「お兄ちゃんが、くじを引いて当ててくれた結果、あたしがいただきました」

むーっ、と怒りに目を光らせた菜摘が、ポケットに突っこんだ手をぎゅっと握る。

半勃起だった肉茎を強く絞られる。

「うわ。強い。ちょっと待って」

覚えていなかったのは悪いが、ここまでご機嫌を損ねるとは思わなかった。

「……おしおきをします」

魔法少女もののアニメに出てくる、悪の女王みたいな声色で、菜摘が宣言した。

「おチ×チンを、いじめちゃうから」

冷たい瞳で芳樹をにらむと、菜摘はジーンズのボタンに指をかけた。

2

「あうっ、ここじゃ、まずいよ」

「だめだよ。おしおきだもん」

ベンチに座った芳樹の前に、学校指定の紺ジャージとハーフパンツ姿の菜摘がしゃがんでいる。

芳樹が着ているダウンジャケットは裾が太ももの半ばまで届く。そのジャケットの中では、ジーンズと下着をまとめておろされているのだ。

「それに、まずいって言いながら、おチ×チンを硬くしてるのはお兄ちゃんだよ」

ダウンジャケットのファスナーをあけ、菜摘が股間に顔を寄せる。

「う……うう、さっきだってジョギングの人が通ったじゃないか。引っ越した僕はともかく、近所に住んでる菜摘ちゃんが知り合いに見つかったら大変だよ」

ふたりが座るベンチのすぐ後ろを若い女性が通ったのだ。

ヘッドホンで音楽を聞きながら走っていったから気づかなかったようだ。

冬休みに私服の男子中学生がベンチに座っていてもおかしくはないが、その前に年下の体操服少女がしゃがんで頭を伏せていたら不審だ。

「ふーん。お兄ちゃんはヘアゴムのことは忘れてたのに、あたしのことは心配してくれるんだ。でも、おしおきはやめないよ」

勃起を握られ、包皮で亀頭の裾を擦るようにしごかれる。

「じゃあ、硬くするのをやめたら、あたしもあきらめる」

「無理だよっ、あうう……菜摘ちゃんの手コキ、めちゃくちゃ感じるのに」

絶妙な強さで肉茎をつかみ、わずかにひねりながら、しゅっ、しゅっと擦る。

マスターベーションと同じ動きなのに、女の子の手の柔らかさと、ふーっと亀頭をくすぐる、菜摘の吐息が段違いの快感を生む。

「あ……ううっ、一日でそんなに上手になって……ふあっ」

「ほらほら、どうして硬くなっちゃうの？」

最初は大切な思い出を忘れていた芳樹への責めだったはずが、手淫に夢中になるうちに、菜摘はすっかり従僕をいたぶる意地悪な女王様に変身してしまった。

「く……しこしこ、気持ちいいよっ」

「あはは。おチ×チン、苦しそう。早く精子……出したがってるよ」

何滴めかの先走りが漏れ、ぬるぬるの亀頭から肉茎へと伝う。

男の天然オイルを使って、手しごきがますます激しくなる。

「ぴゅーって出しちゃっていいんだよ、お兄ちゃん」

ちゅくっ、ちゅくっと手しごきが激しさを増す。

冬の朝の、健康的な日光に照らされながらの野外手淫だ。いけないことをしていると思うと、すぐに限界が訪れる。

尿道がふくらみ、射精へのカウントダウンがはじまる。

「く……ああっ、菜摘ちゃん、イキそうだよ。ああ……動かすの、続けて」

「ふーん」

放精寸前に、ぱっと菜摘の手が離れた。

「ええっ、どうしてやめちゃうんだ……もうちょっとで出るのに」

情けない顔をした少年に、いたずら好きの幼淫魔がくすくす笑う。

「だって、おしおきだもん。じゃあ……もうちょっとエッチぃの、するね」

射精衝動が鎮まった瞬間を待っていたように、菜摘がふたたび顔を伏せる。

「あううっ、感じちゃうよっ」

指よりも柔らかくて優しい刺激が、尿道口を直撃した。

「ん……ふ。しょっぱくて、おいしい」

期待の粘液に覆われた肉冠をぺろりと舐められた。

少女の舌はそのままくびれを這う。

溶けかけのアイスキャンディーを舐めるみたいに、根元から穂先に向かってちろちろと舌が快感の軸をスキップする。

菜摘の手が根元に触れる。

いよいよ肉茎をしごいてもらえるかと期待に脚を開いたのに、菜摘の指が向かったのは陰嚢だった。

「こりこりして、楽しい」

指先で睾丸《こうがん》を揉まれ、皺の寄った袋を引っ張って遊んでいる。

「うふ。ひんやりしてる。温めてあげる」

肉茎を滑った唇が、陰嚢に触れて、ちゅっ、ちゅっと音をたてる。

「あは……中で、ころころしてる」

陰嚢が熱気に包まれた。

「はうぅ、菜摘ちゃんが……キンタマを吸うなんて、エロいよっ」

キュートな黒髪ロリータが、きゅぽ、ちゅぽっ、と下品な音をたてて左右の睾丸を交互に吸い、舌に乗せて転がす。

「んっ、あ……キンタマ、さん？　あたし、これ……好き」

小さなお手玉みたいな陰嚢が気に入ったらしい。

「くううっ、チ×ポをしごいて。動かして……イキたいのに」

「んー？　おしおきなのに」

弓なりに反った肉茎は触ってもらえない。

寸止め放置がたまらなくなって、ついに芳樹は自分で肉茎を握ってしまった。

欲求のままに手をスライドさせる。

もちろん、その動きを幼い女王様が見逃すはずはない。

「うわあ……いやらしい。へえ……男子ってそうやって動かすんだ」

陰嚢に鼻を寄せたまま、眼前ではじまった自慰ショーに興味津々だ。

「あううっ、だって……菜摘ちゃんが触ってくれないから……」

抗弁はするけれど、女の子の前でオナニーを披露する情けない年上男子の手は止まらない。もう射精したくてプライドなど失っていたのだ。

しゅっ、しゅっと射精に向けて指を動かす。

「うふ……そのくらいのスピードで動かすんだ。勉強になるなあ」

からかいながらも、菜摘の瞳もとろんと潤んでいく。

「あたしも……するっ」

しゃがんでいた菜摘が立ちあがり、木製ベンチで並んで座る。

「お兄ちゃん、続けててね。あたしも……見せるから」

紺のジャージの裾に手を入れて、体操着のハーフパンツを潔く脱いでしまった。

「うわっ、菜摘ちゃん、丸見えだっ」

学校指定のものらしい、白地に紺ラインのスニーカーを履いたまま、ハーフパンツを足首から抜いて丸める。

内側に淡い水色の女児ショーツがちらりとのぞいた。

ジャージの裾でぎりぎり隠れた下半身は裸なのだ。

「うふ……ふたりでオナニーって、興奮するね」

右隣に座った菜摘は大胆に膝を開き、スニーカーを履いた片足をベンチに乗せる。

ジャージの裾があがって、無毛の恥丘が現れる。

「ううっ、菜摘ちゃんのオマ×コ……ぐっしょりだ」

片膝を立てて座っているから、隣にいる芳樹からは幼裂の構造がよくわかる。

「お兄ちゃんだって、ぬるぬるだよ……」

右手に肉茎を握ったまま固まっていた芳樹に、誘いの視線を向ける。

「見せっこして、いっしょに……イッちゃおう」

答えを待たずに菜摘の右手が恥丘を覆う。

中指が伸びて幼裂に沈む。

「はあぁ……ほんとだ。こんなにとろとろになってたんだ……あんっ」

陰裂の浅い部分に中指を立てて、ほんの数ミリほどの動きで指を振動させている。

「ああん、お兄ちゃんも……動かして。は……ひゃんっ」

指を陰裂に沈めた瞬間から、菜摘の女王様顔は消えて、ふにゃんととろけた、エッチな女の子の顔になる。

眉がさがって、半開きの唇が軽く突き出し、呼吸が荒くなる。

「あう……お外でオナニーするの、とっても……興奮するぅ」

恥裂の前端にあるクリトリスを指で転がしているのだろう。ちゅくっ、ちゅっという水音がかすかに聞こえる。

(女の子のオナニーって、もっと激しいかと思っていた)

ネットや漫画に出てくるフィクションの女性のオナニーは膣口に指を挿れて激しく動かし、アンアン叫びながら潮を撒き散らすものばかりだった。

菜摘の動きはごくわずか。

指先がさざなみのように揺れて雛尖を震わせるだけだ。

それでも十分以上の快感を得られるらしく、はっ、はあ……と湿った吐息を漏らして顔を紅潮させている。

フィクションの汁まみれの自慰よりも、目の前で小刻みに震える体操着少女の自慰はずっと刺激的だ。

「あう……お兄ちゃんも、もっと動かして。あたしに、イクところを見せて」

菜摘の自慰に見とれていた芳樹は、右手で勃起をしごく。

「あっ、あ……けっこう激しくおチ×チンを動かすんだ。エッチだなあ……んんっ」

熱っぽい視線を送られると、自分が男性ストリッパーみたいな露悪的な気分になって、ますます激しく右手を動かしてしまう。

菜摘も同じように興奮しているらしい。

小刻みに陰核を刺激する指の動きを凝視していると、わざと指で陰裂を開いて見せつけてくれる。

「そうやって、クリトリスを優しく擦るのがいいんだ。オマ×コは触らないの？」

「はん……あ、あの……オマ×コは指だと……爪があるから。おチ×チンや、ベロだと、すごく感じちゃう……ああん、あたし、なに言ってるんだろ……っ」

普通にセックスをしているカップルだって、お互いの自慰なんてほとんど見たことがないだろう。

すでに身体の関係を結んだとはいえ、十二歳少女の生オナニーはどんなエロ動画よりも刺激的だ。

陰嚢がきゅんと縮んで、下腹の奥が熱い。射精が近いサインだ。

「うう……イキそうだよ。出そうだ……っ」

鋼の硬さになった肉茎の根元がびくっ、びくと痙攣《けいれん》するのを見てほしくて、芳樹は尻を持ちあげて菜摘にさらす。

「は……あっ、あたしも……イッちゃいそう。イクとこ、ちゃんと見てて」

菜摘がのけぞった。紺ジャージの襟元からのぞく細い首がひくつく。

ピアノの鍵盤を試しに弾くみたいに、ぽん、ぽんと中指がクリトリスを優しくたたいている。自慰の最後を締めくくる、お気に入りの愛撫らしい。

ちゅく、ちゅく……ちゅくぅうっ。

水音が大きくなって、甘酸っぱい少女の体香が強くなる。

「あ……ああん、お兄ちゃん、先にイッちゃう。ああん……イッちゃうぅうっ」

ベンチの背もたれに首が乗るほどのけぞって、全身を震わせる。

「ん……はあ……ああん、エッチな子になっちゃったよぉ……」

唇を噛んで、お兄ちゃんのせいだからね、と言いたげににらむ。

その表情がなんともかわいかった。

肉茎がびくんと跳ねる。

陰嚢の奥で快感が爆発した。

尿道を牡の絶頂液がのぼってくる。

「く……ああっ、僕も……イクよっ」

射精宣言を聞いて、ぐったりしていた菜摘があわてる。

「ああん……だめ。お兄ちゃんの精子はあたしのものっ」

ジャージの裾を引っ張りおろした菜摘が亀頭にしゃぶりつく。

柔らかな唇の感触が、最後の快楽を引き出す。

「う……おおっ、菜摘ちゃんっ、出ちゃうよっ」

菜摘の答えは尿道口をちゅっと吸うことだった。

「く……ああっ、出すよっ」

どくうっ、どぅっ。どぷっ。

欲望を煮つめた濃厚液を、菜摘の喉奥に飛び散らせる。

「んふ……ああん、お兄ちゃん……んく……う」

舌に直撃を受けた菜摘が目を丸くする。

「は……あ、たっぷりぃ……んんっ」

射精が終わるまで、唇をすぼめて待ってくれる。

「うう……菜摘ちゃん、ぜんぶ、出たよ……」

亀頭をちゅっと吸い、最後の一滴まで口に含むと、頬をふくらませて顔をあげる。

「くふんっ、だんだん、この味を好きになってきたかも……」

こくんと喉を鳴らす姿がいとおしい。

「あのね、お兄ちゃんの精子を飲むと、おっぱいが大きくなるような気がするの。栄養たっぷりなのかなあ」

えへへっと笑う唇は、数秒前まで男根をしゃぶり、精液を飲んだとは思えないほど清らかだ。

「知らないよ。恥ずかしい……」

射精直後で素に戻った芳樹は照れるしかない。

下半身裸のふたりがベンチで抱き合う。

遠くから女性の話し声が聞こえてきた。

ウォーキングかなにかだろう。

遊歩道はベンチの後ろだ。このまま並んで座っていれば気にされないはずだ。

だが、人間とは違う軽い足音といっしょに、茶色い大きな毛玉が駆けてきた。

中型の日本犬だ。首輪からリードを引きずっている。散歩中に脱走したらしい。

「きゃっ、いやぁ、あっち行って」

菜摘が顔をこわばらせてベンチを立つが、犬は舌を出して走り寄ってくる。

犬が大の苦手な少女は、上半身ジャージ姿のまま、小走りで逃げ出す。

「あっ、菜摘ちゃん、待って」

菜摘の下半身は丸出しなのだ。

遊歩道には高齢の女性がいた。逃げた飼い犬を呼びながら早足で向かってくる。

芳樹は菜摘を追おうとしてはっとした。

自分も下半身は丸出しだ。足首まで落ちていたジーンズを引きあげたときには、菜摘は遊歩道の先を逃げていた。

ジャージの裾を両手で引きさげているが、丸い尻の下弦は見えている、
芳樹はベンチに丸まっていたハーフパンツと布バッグを持って追いかける。

3

菜摘に追いついたのは、遊歩道から離れた児童公園エリアだった。

原色のペンキで塗られた、ゾウやキリンを模した遊具が並んでいる。

広い公園の高台にあるから、めったに人は来ない。

眼下には街が広く見えている。

「あの犬、もういない？」

菜摘の声はずいぶん上から聞こえてきた。

「飼い主に呼ばれたら、すぐに戻っていったよ。でも……」

芳樹はあきれた。

「なんでそんなところにいるんだよ」

菜摘はすべり台のてっぺんに立っている。

「だって、ここなら犬があがってこれないでしょ」

鉄パイプ製のはしごと、ステンレスのすべり台をつなぐ正方形の踊り場に立って、紺ジャージ姿の少女は周囲を警戒していた。

はしご段の下から菜摘を見あげて、芳樹はドキリとした。

子供のための健全な遊具のいちばん上、船の艦橋みたいな場所にツインテールの小学六年生がすっくと立って、下界を睥睨《へいげい》している。

紺のジャージを着て、体育用のスニーカーにくるぶし丈の白ソックス。子供から大人に羽化する時期ならではの健康的なまぶしさに満ちた少女だ。

けれど、彼女はショーツすら穿いていないのだ。

紺色ジャージの裾を、ペンギンの真似みたいに両手で引き下げている。

下からは恥丘を割る、ぷっくりした陰裂が丸見えだ。

「服を持ってきてくれたんだ。ありがとう。今、おりるから」

屈託ない笑顔を向けてくるけれど、さっきまで自慰をしていた菜摘の股間は花蜜で光っている。

十五歳少年の性欲にインターバルや休憩という言葉はない。

「いいよ、僕があがる」

芳樹は片手に菜摘が置き去りにした布バッグを持って、はしごに足をかける。

「えっ、だって上でショーパンをはくの、無理だよ」

菜摘が当惑しているうちに、芳樹ははしご段をあがってしまった。

置き去りにされた菜摘の布バッグを、すべり台の手すりにひっかける。

目の前に無防備な幼裂がある。

オリエンテーションで下級生に縄跳びを教えた汗と、自慰でにじませた絶頂の蜜が混じって乾き、少女の陰部から熟成したチーズみたいな淫香が放たれていた。

「ちょっ、お兄ちゃん、恥ずかしい」

芳樹が股間に鼻を寄せると、ジャージの裾を引っ張って菜摘が焦る。すべり台の踊り場は六十センチ角ほどしかないから逃げ場がないのだ。

「だめだ。こんなエッチな服で、エッチな匂いをさせて……」

ジャージの裾に頭を突っこむ。

「あーん、だめだって、ヘンタイっ」

ジャージの中は白い体操着だった。きちんと洗濯はしていても、新陳代謝が活発な小学生が運動で着る服だ。まだデオドラントなんて習慣もない。

体操着の中は優しい空間だ。

日なたぼっこしてきた子猫みたいな、甘いミルクと乾いた革、そして香ばしい干し草の匂いがミックスになって芳樹の鼻腔を満たす。

(なんてエッチな匂いなんだ)

さっき射精したばかりの牡肉に瞬時に血液が流れこむ。

内股になって股間を閉じているけれど、神秘のY字に鼻を突っこむと、濃厚な女子の匂いが直接届いて頭がくらくらする。

「ひゃんっ、ヘンだよ。こんな狭いところでがっつかなくても……あたし、いつでもお兄ちゃんとしたいのに」

両側の鉄パイプの手すりをつかんで腰を引いても、それ以上は逃げられない。

芳樹の舌がY字の中心に滑りこむ。

菜摘との経験を重ねるうちに、少女の細部がわかるようになってきた。

ベンチで見せてくれた自慰で、菜摘はクリトリスを優しく刺激していた。

「ん……きゃっ、なんか……前と違う」

自分の上唇を舐めるように、舌先を曲げて小さな核心を愛撫する。

「は……やっ、これ……気持ちいい」

降ってくる菜摘の声が甘く変わった。

ジャージの裾に頭を突っこんだ芳樹の前で、ぴたりと閉じていた脚が開いた。舌先での陰核ころがしを気に入ってくれたらしい。

「お兄ちゃんのぺろぺろ、好きだよぉ」

開発されたばかりの少女の陰裂は敏感だ。

舌先に触れる、小さな縦長真珠の根元を舌先で清める。

海水みたいな塩気に、ごく微量の鉄の味が加わっていた。

「あっ、ああん……もっと奥……あの、オマ×コにもキスして」

覚えたての淫語を使う少女の脚がかたかたと震えている。

舌先に新鮮な花蜜が落ちてきた。

すべり台の踊り場は狭いから、脚を開くといっても限界がある。けれど、そのもどかしさが菜摘の性感を高めている。

「舐めるだけでいいの？　チ×ポで奥をかき混ぜたり、入口を、太いところでぐぽぐぽひろげたりもできるのに」

いやらしい言葉をぶつけながら、ぷくんと芽吹いた雛尖を舌で撫でる。

「うう……お兄ちゃんのいじわる。してほしいに決まってるのに」

ぷいと横を向いて頬をふくらませる。

「じゃあ……ここでしよう」

芳樹はジーンズと下着をおろした。

ぶるっと勃起を振るい、狭い踊り場に尻をついて座る。

金属板の上に薄いラバーシートが敷いてあるから冷たくはない。

「ウソでしょ。こんなところでエッチできないよっ」

「ふうん。じゃあ……家までがまんできる？　ぐっしょりなのに」

芳樹の舌は、膣口が男の太さを求めてぱっくりと咲いているのを知っている。

「うう……お兄ちゃんといると、どんどんヘンタイになっちゃう」

眉根を寄せる少女の腕をつかんで、勃起の上に座らせる。

「そのまま脚をあげて」

M字にした膝の裏を支えてやる。

すべり台の頂上での対面座位だ。

「ああん、これ……脚が開いて、恥ずかしい」

菜摘は身体を支えようと、踊り場の左右にある鉄パイプの手すりをつかむ。

パイプが冷たいから、ジャージの袖を伸ばして手を収め、手袋代わりにしているのが女の子らしくてかわいい。

「あっ、当たる……さっきより硬い気がする」

姫口は、すっかり芳樹のかたちに馴染んでいる。

うれしそうに花蜜をにじませて、亀頭をぬるりと呑《の》みこんだ。

「恥ずかしいよ……するって入っちゃう」

「く……ううっ、オマ×コが擦れる感覚……たまらないよ」

少女の体重が肉茎にかかり、自然にずぶずぶと挿入されていく。

「ひゃん、これ……逃げられないじゃない」

「でも、菜摘ちゃんが大好きなチ×ポで奥をぐりぐりは簡単だよ」

下から腰をまわすだけで、軽い身体を支えた肉槍が膣奥に届く。

「あは……お兄ちゃんって、ほんとにヘンタイなことをいろいろ思いつくね」

あきれた演技で大人ぶっても、肉茎を打ちこまれた幼膣は、じくじくとうれし涙をにじませている。

「恋人が……菜摘ちゃんがエッチの天才だからだよ」

芳樹の言葉に真っ赤になると、ちゅっと音をたててキスをしてきた。

狭い場所だからこそ、密着度が高くて興奮する。

唇を合わせたまま下からゆっくりと突きあげる。

「はぁん……お兄ちゃん……好きぃ」

ぷるぷるの唇から舌が現れて、芳樹の前歯や歯茎をちゅっと舐めてくれる。

唾液が甘い。

お返しに芳樹も少女と舌を絡ませ、小さな歯を撫でてやる。

「はあん……オマ×コの中を、おチ×チンで埋められると、安心する」

ディープキスの舌と連動させるように、ゆっくりと膣道に穿った肉茎で菜摘の中を探っていく。

「はひ……ああん、お外でするのって、なんだかドキドキする……」

「いつもより感じてる？　中が熱くて……とろとろだよ」

児童公園のすべり台だから高さは大したことがない。それでも誰かに見られたらという緊張も手伝って、姫口がきゅんきゅん締まっている。

ゆっくりと腰をまわして膣道を変形させ、牡肉のかたちを刻んでいく。

対面座位での、深い結合部からあふれた花蜜が棹の根を伝って陰嚢を濡らす。

「あううっ、おチ×チンがあったかいの。気持ちいいところをぐりぐりされてる」

童貞を卒業して間もなくまでは、ひたすら膣道を突いては引けば女の子は感じるのだろうと思っていた。

けれど、少なくとも菜摘は痛くならない程度に深く肉杭を沈め、穂先で膣奥を探るようにまわしてやるのが好きだとわかってきた。

キスする舌と肉杭の動きを揃えて、菜摘の上と下の粘膜を同時に刺激してやる。

「は……ああっ、エッチに動かしたら……だめっ、ふわふわしてきた」

菜摘は絶頂寸前の自分を、綿や雲みたいに柔らかくて浮力を持つものだと感じるようだ。それなら突きあげて離陸させてあげたい。

バレーのトスではなく、紙風船をそっと浮かせるように牡槍で膣奥を突く。

「はっ……ああっ、それ、いいっ」

のけぞってツインテールを振る。

ジャージの袖ごと手すりを握った腕が震えている。

のんびりしたリズムでとん……とんと亀頭を押しこむ。

数回の抽送で菜摘の体温があがっていく。

「んはあっ、お兄ちゃん、あたし……イクってなりそう」

「がまんなんかしないでイッていいよ。ほら……僕以外、誰もいないんだ」

コツコツと膣奥をノックする。

亀頭を迎える膣襞のうねりも強くなる。絶頂の兆候だ。

「あっ、あっ、ああん……イク。イッてる。はあ……あんっ」

びくっ、びくっと全身を硬直させて、紺ジャージ美少女が芳樹に跨ったままエクスタシーの液を垂れ流した。

「はぁ……ああん、あたしだけイッちゃった……」

静かなキスを続けてから、菜摘は自分だけが乱れてしまったのを恥ずかしがる。

「大丈夫だよ。これから……もっとエッチなのが続くから」

芳樹は寒さと絶頂の余韻で紅に染まった耳に話しかける。

「ゆっくり後ろを向いて。三年生のころに大好きだった、ぎゅーしてのポーズだ」

昔、よく布団の中でせがまれた、小柄な菜摘を背後から包むように抱く体勢だ。

「もう……困っちゃう」

当惑しながらも、菜摘は苦労して踊り場に座った芳樹を跨いでターンする。

不安定な身体を支えようと、左右の手すりを握っている。

勃起した牡肉に貫かれたまま、対面座位から背面座位へと変わった。

「ほら、菜摘ちゃん、前を……公園の下を見て」

高台にある公園の、すべり台のてっぺんから街を見おろした菜摘の背中が凍った。

「菜摘ちゃんの小学校だ。ほら、運動場も、教室も見えるよ」

この場所から見える小学校の景色は、昔から芳樹のお気に入りだった。

4

菜摘を後ろから抱えたまま、芳樹は勃起を深く沈める。

背面座位で脚をM字に開いた、いわゆる女児のおしっこポーズだ。

「あーん、いやっ、学校から見えちゃうよ」

「大丈夫だよ。冬休みだし……それにお互いに誰だかはわからないくらい離れてる」

望遠鏡を使えばなにをしているかわかるだろうが、顔が判別できるほどではない。

「は……あうっ、でも……ああん、お兄ちゃんのいじわるぅ」

六年生にもなって無防備な羞恥の姿勢を取らされ、首を振って拒否している。

身をよじるとジャージの裾がずりあがって、結合部が丸出しになる。

「菜摘ちゃんの教室ってどこ？　六年生だから東棟か。席は見えるかな」

公園と学校は離れているから机は豆粒ほどのサイズだが、ぎりぎり判別できる。

「いやだよ。こんなかっこうで学校のこと、話せない」

菜摘はジャージの裾を手で引っ張りおろして、ごつごつした肉茎に犯されるピンクの姫口を隠そうとする。

芳樹が引っ越す前、家にしょっちゅう遊びにきていた菜摘は、魔法少女もののアニメが好きだった。

芳樹の前では興味のないふりをしつつ、拘束されてピンチになるシーンだけを何度も繰り返し再生していたのを覚えている。

「だめだよ、隠しちゃ。街のみんなから見えるようにするんだ」

芳樹は魔法少女を捕まえた悪者の気分で、小さな耳の穴にささやく。

悪者としては、理不尽な罰を与えて正義の味方を屈服させてやるのだ。

すべり台の手すりに引っかけておいた布バッグから、菜摘がオリエンテーションの縄跳びで使った、ピンクの跳び縄を取り出す。

小学校の六年間、身長に合わせて伸ばしながら使ってきた跳び縄の白いグリップは細かい傷がついてグレーに変色していた。

ジャージの裾を伸ばして陰裂を隠していた手を、片方ずつ剝がして、すべり台の手すりに縛りつける。

きつくは結ばないが、跳び縄は伸縮性の素材だから簡単に手首を拘束できる。

「あーん、いやぁっ、だめぇ」

両腕を持ちあげて固定された菜摘に、もう下半身を隠す手段はない。

「教室と席の場所を教えるんだ。さもないと……このまま置き去りだぞ」

悪者の声で耳たぶを噛むと、菜摘は、あーんっと甘えるように泣いた。

両腕をピンクの拘束具で固定された自分の姿を、魔法少女の危機と重ねて高ぶっているはずだ。

「ううっ、あの……三階の右端の教室……窓際の席……ああん、許して」

芳樹にとっては引っ越してから三年ぶりに見る校舎だが、現役六年生の菜摘にとっては一日のうち、自宅の次に長く過ごす場所だ。

いくら無人とはいえ、その学校に向けて生ペニスを打ちこまれた股間を見せつける羞恥に、少女の濡れた膣がきゅっと収縮する。

「窓際なんだ。じゃあ、三学期がはじまったら、今日のことを思い出せるね」

背中を支えた芳樹は、右手を菜摘の下腹に滑らせる。

「公園のすべり台でおチ×チン挿れられながらイッちゃったなあ、って思い出しながら授業を受けるんだよ」

肉茎を奥まで咥えた姫口はそのまま、陰裂の端に指を沈める。

「ひゃっ、やあん……弱いとこ、いじめたら……ヘンになっちゃう」

少年の手をどかせたくても両手を縛られている。細い手首に巻きついたピンクの跳び縄がきしきし鳴った。

「いいんだよ。学校の前でヘンになっちゃえ」

ベンチで相互オナニーしたときに、雛尖の扱いかたのお手本を示してくれた。

指の腹を敏感な小粒にごく軽く添えて、指を震わせるのだ。

「ひゃっ、うう……あんっ、ぶるぶるされてる」

第二次性徴期の陰核にはかすかな刺激が心地よいのだろう。

「はん……お兄ちゃん、ああん……それ、続けて」

通っている学校の正面で、腕を拘束されて挿入される恥ずかしさより、快感が勝ったようだ。

菜摘の腰がぐりんとまわって、膣道を満たした牡肉の感触を確かめている。

「ほ……ああっ、気持ちいいよぉ……オマ×コのまわり……ぜんぶ気持ちいい」

背中を支える芳樹を振り返って指戯に身体をくねらせる。

「だから……お兄ちゃんと、いっしょにイキたい。動いて……」

自分だけが感じていたら不公平だよ、と潤んだ瞳がねだる。

「ううっ、菜摘ちゃんにおねだりされたら……たまらないよっ」

芳樹だって、ずっと射精したいのをこらえていたのだ。

学校指定のジャージ姿の高学年美少女を、通っている学校を見せつけながら挿入する。おまけに腕を拘束しているから、M字開脚の股間も自由にいじり放題。

しかも、ツインテールの少女は自分の愛撫にきゃんきゃん泣いて、半びらきの唇からよだれを垂らしているのだ。

禁断のロリータセックスに、膣内に打ちこんだ勃起は、抽送するまでもなく先走りがとぷとぷとあふれていたのだ。

「菜摘ちゃん、めちゃくちゃに感じさせてあげる」

背面座位で真下から肉茎を突きあげる。

「ん……はあっ、おチ×チン、きたあっ」

手を拘束されているから、嬌声《きようせい》も唾液も、そしてちろりと現れる舌さえも手のひらで隠すことはできない。

ずんと突いてから、腰を左右にこねまわす。

菜摘の体重は肉茎にかかっているから、逃げられない。

「ほひ……ああん、奥に、奥になんかコツコツきてるぅっ」

「く……ああっ、チ×ポが包まれるっ」

深く結合したふたりが同時に声をあげてしまった。

亀頭が未体験の器官に触れたのだ。

こりこりして、ちょっと冷たい。小さな唇みたいな感触で、熱くなった亀頭をからかうように、ちゅっと吸って射精をうながす。

ようやく女としての機能にめざめつつある未熟な子宮が、高まる性感に呼び覚まされて、男の精を求めて柔軟な子宮口を弛緩させる。

「奥の壁を、おチ×チンでくりくりされてる。はじめてなのに……じいんってなる」

菜摘もはじめての感覚に戸惑いながらも、膣奥に隠れていた女の壺口《つぼくち》が生む快感に腰をくねらせる。

子宮口の性感はクリトリスや膣道に比べてずっと遅れて発生するうえに、女性の指では届きにくいから、指を深く沈めての自慰をしない処女は気づきにくい。リラックスして性行為を任せられる男性が現れ、本能的に子宮が受胎を求めるようになってから知る快感なのだ。

「あ……あんっ、おチ×チンがぴったりくっついてるの、わかる。ぐりぐりぶつかると……んんっ、身体の奥があったかくなる」

鉄パイプの手すりに拘束された両手が、虚空をつかんで踊る。

「くううっ、突き当りでチ×ポの先を吸われてる。あうぅ、オマ×コの中なのに、フェラチオされてるみたいだ……はううっ」

芳樹も未経験の快楽に翻弄される。

抽送で得られる、膣襞のざらつきと亀頭冠の摩擦とは違う。尿道口にキスをした誰かが、精液を出しなさいと、ちゅうちゅう尿道を吸っているような感覚だ。

肉茎の根元を締める姫口と、ざわざわと棹を撫でる膣襞に加えて、亀頭をバキュームする子宮口が、それぞれ男の器官を歓待する。

三種類の快感が一気に男根に襲いかかって、快感の波が繰り返し押しよせてくる。

「ううっ、菜摘ちゃんのオマ×コ……挿れるたびに、どんどん気持ちよくなる」

自然に少年の腰が動いてしまう。

小柄な少女を下から牡肉で持ちあげて、かくかくと腰を振る。

もちろん同時に、前にまわした手で雛尖をかわいがるのも忘れない。

「はううぅっ、お兄ちゃんのおチ×チンと指、大好きぃ」

菜摘がのけぞって頭を振りまわす。ツインテールが芳樹の頬をたたく。

「うう……精液があがってくるっ」

陰嚢がきゅっと縮んで、熱い噴出を準備している。

広葉樹に囲まれた公園、子供のための遊具。そして清楚《せいそ》でかわいらしい、妖精のような少女。しかし、彼女は極太の牡肉に貫かれてとろけた表情を浮かべている。

「あーん、お兄ちゃんのが、中で太くなってる。だめ。あたし……ふわふわで」

きゅっ、きゅっと膣道が収縮する。

芳樹の指で撫でられる陰核も快感の源泉だ。

「あーん、エッチなの好き。ヘンタイなお兄ちゃん、大好き」

コンクリートの校舎が静かに見守る公園で、快楽の海に飛びこんだ少女は唇をだらしなく開き、学校指定のジャージによだれを垂らして悶える。

「ひゃんっ、イク。イッちゃうの。お兄ちゃんにずこずこされて……イッちゃうっ」

すっかり自分の身体が絶頂に至る反応を覚えてしまった少女は、腰をグラインドさせて嬌声をあげる。

「はひ……ひいいっ。お兄ちゃん、好き。あーん、イクイク、イクぅっ」

薄濁りの花蜜が、結合部からたらたらと漏れてすべり台の踊り場に落ちる。

「くううっ、熱い。オマ×コの奥が煮えてるよっ」

芳樹の腰が震える。

亀頭が熱くて濃い粘液に包まれる。子宮から漏れた、絶頂を示す蜜だ。

抽送しなくても勝手に膣道が収縮し、姫口が肉棹をしごく。

尿道口からあふれる先走りの露を、子宮口がうれしそうに吸う。

「あううっ、イクよ。菜摘ちゃんの中に……たっぷり出すっ」

「あーん、うれしい。お兄ちゃん、いっぱい出して。あたしをぐちゃぐちゃにして」

射精宣言を喜ぶのは菜摘だけではない。

少女の膣奥で柔らかく踊る子宮口がぱっくりと開いて、少年の精を待ち受ける。

「く……ううっ、出るっ」

狭隘《きょうあい》な少女の膣道の中で、肉茎がぐっと太った。

どぷっ、どくぅ……っ。

牡の奔流が尿道口から噴出する。

「ああっ、熱い。たくさん……おなかの奥にお兄ちゃんの精子がびゅるびゅるされてるの、わかる……はああっ、だめ。また……あんんっ」

達したばかりの菜摘が、ふたたび腰を震わせる。

子宮口に牡液のシャワーを打ちこまれて、少女の身体が歓喜のダンスを踊っている。

手首を拘束した跳び縄がぎしぎしときしむ。

M字に開いた膝の中心が、毎日を楽しく友達と過ごし、勉強してきた学舎に向かって開く。

「あーんっ、イッちゃう。お兄ちゃんの精子がうれしくて……また、イッちゃうぅ」

背中がぐっと反り、背後にいる大好きな芳樹を振り返った。

少女が口を開き、舌を伸ばして少年の唇を犯す。

「んん……んっ、んーっ」

ふたりの激しいディープキスと、結合部から漏れる蜜混ぜの音がシンクロする。

どくっ、どくりと精液が子宮に注がれていく。

快楽に弛緩した陰裂で、肉幹を生やしたように見える膣口が痙攣した。

M字開脚の谷間から校舎に向かって、ちいい……っと水流が弧を描く。

あまりの快感に、菜摘の尿道口が緩んでしまったのだ。

「あーん、おしっこしながらイッちゃうぅ」

ぱた、ぱたた……とすべり台のステンレス板を少女のホットレモンがたたく。

「くうぅ、菜摘ちゃん、おしっこしてる顔もかわいいよっ」

芳樹が舌を絡めると、菜摘は、あーんっと泣きそうな表情を浮かべながら舌をれろれろと動かし、唾液まみれの唇を重ねてくれる。

ちぃっ、ちぃ……菜摘の小水が湯気をたてながら、すべり台を流れていった。

第五章　快楽に溺れる妖精

1

菜摘の家のバスルームは広くて快適だった。

脱衣所には、ふかふかのバスタオルが置かれている。

身体を拭いて、バスタオルを巻いただけの姿で廊下に出ると、菜摘が待っていた。

「タオル、ありがとう。菜摘ちゃんといっしょにお風呂に入れるかと思ったのに」

菜摘は紺ジャージの腕を組んで、つんと斜め上を向く。

「知らない。お兄ちゃんは縛るし、ヘンなことするから……おもらししちゃったし」

通っている小学校を見おろしながらの拘束プレイにおかんむりだ。

悪ノリしすぎたのか。芳樹は反省する。

「わかったよ。縛ったり、外でするのも、もうやらないから」

すると、眉根を寄せて演技たっぷりに「はぁ？」とさらに不機嫌になる。

「違うよ。言ったでしょ？　あたしがおしおきするって決めてたのに、途中からお兄ちゃんが反撃するから」

怒ってるのよ、というポーズで芳樹のわきをすり抜ける。

「あたしもお風呂に入ってくる。お兄ちゃんは部屋で待ってて」

そして振り返ると、つんとした表情は崩さすにつけ加えた。

「服は着ないで」

ツインテールの髪が脱衣所に消えた。

芳樹は二階にあがる。

今日は菜摘の両親と弟が親戚の家に泊まる。

この家に入るのは何年ぶりだろう。

菜摘とふたりきりになるのは、はじめてだ。

明日の朝、芳樹は両親と暮らす家に帰る。特急券も買ってある。

菜摘と過ごせるのは今晩だけ。冬休みが終わればふたりとも卒業式を迎え、それぞれ中学と高校での新しい生活に備えなければならない。

中学校三年の貯金では、簡単に行き来できる距離ではないから、次に会えるとしたら何カ月も先だろう。

ふたりとも頭ではわかっているし、その話題は悲しくなるから、次にいつ会えるかという話はしていない。

菜摘の部屋はドアをあけた瞬間からとてもいい匂いがした。

第二次性徴期の少女特有の、南国のフルーツみたいに甘くて健康的な香りだ。

壁際にある白木のシングルベッドや、本棚と同じ色合いの学習机は昔と変わっていないはずだ。

ベッドと、そのわきの出窓にあるぬいぐるみのコレクションは新メンバーが増えている。いちばんお気に入りの薄茶のクマは、あいかわらずぼんやりした表情だ。

壁に貼ってあるポスターは、菜摘が昔から大好きだった魔法少女のアニメのものだが、記憶にある絵柄とは違う。きっと最新の番組なのだろう。

(でも……こんなに狭かったかな)

天井が低くて、奥行きも減った気がする。

最低でも三年間はこの家に入っていないから、記憶があいまいだ。

数秒考えて、芳樹が大きくなったのだと思い出した。

小学校の高学年より、中三の今は二十センチくらい身長が高くなっているのだ。

見覚えのないコルクボードが壁にあった。

友達と出かけた写真のプリントや、映画の半券がピンで留めてある。

「あ……」

下のほうに、一枚だけ四隅にピンを打ったプリントがあった。

小学三年生の菜摘と、六年生の芳樹が並んでいる。

引っ越す寸前に、菜摘の母が撮ってくれた、二家族の集合写真から菜摘と芳樹の部分だけをトリミングしたものだ。

ベッドにいちばん近い、低い位置に貼ってある。胸がきゅんと締めつけられた。

クローゼットの横には、縦長のシンプルな姿見があった。

三年前はママに服を選んでもらい、そのまま登校していた菜摘だけれど、六年生になった今は鏡の前で服選びをしているのだ。

引っ越してから三年間、時間が止まっていた芳樹の生家とは違う。

この部屋は菜摘といっしょに三年間、成長してきたのだ。

学習机のわきに吊《つ》るされた赤いランドセルはきれいにはしているが、六年のあいだに色あせて、縁は擦れて傷だらけだった。

鏡のわきにあるハンガーラックに、黄色い通学帽がかかっている。チューリップ型のかわいらしいデザインだ。

低学年ならいいだろうが、大人びた顔立ちで胸も発達しつつある菜摘にはアンバランスかもしれない。

芳樹が明日、両親と住む街に戻ったら、次に菜摘と会うときは、もう通学帽やランドセルを使う児童ではなく、中学生になっているのだろう。

廊下からぱたぱたと早足で歩く音がした。

「おまたせっ」

小さな足には大きすぎる、ピンクのスリッパを履いた少女が飛びこんでくる。

「わっ、服を着ろよ」

菜摘は裸に真っ白でふかふかのバスタオルを巻きつけただけだった。

「お兄ちゃんこそ裸じゃない。それに……」

壁にある暖房のリモコンを操作すると、暖かい風が吹いてくる。

「明日まではふたりとも裸でいいと思う」

ピンクのボールがついたヘアゴムを、芳樹の胸にぐりぐり押しつけてくる。

やけにシャワーが長かったのは、髪をブローしていたかららしい。絹糸みたいにすべすべで柔らかい髪が芳樹の肌を撫でる。

「早く、いっしょにお布団に入ろう」

菜摘に腕を引っ張られて、腰に巻いていたバスタオルが落ちる。シャワーでふやけた肉茎がだらんと頭を垂らした。

「きゃっ」

菜摘が両手で顔を覆う。

何度も見るどころか握ったり、しゃぶったりした男性器なのに、まだ直視するのを恥ずかしがるところが初々しい。

黄色い通学帽や赤いランドセルに囲まれた小学生の自室で肉茎を見せつけるというシチュエーションに、性欲と精力がピークに近い十五歳の海綿体は瞬時に反応した。

種から発芽し、双葉になる植物の超高速映像みたいに、力なくうなだれていた陰茎がみるみる膨張し、包皮に隠れていた亀頭の裾がぷりんと姿を現す。

顔を覆った両手の、指のすきまからつぶらな瞳が勃起を凝視していた。

「あーん、大きくなるところ、かっこいいなあ」

特撮の変身シーンでも見ているように目を輝かせる。

「お兄ちゃん、ベッドに座って」

バスタオルを巻いた少女に誘われる。白いタオルから丸っこい肩や、浅い鎖骨のくぼみが見えているのが全裸とはまた違った魅力がある。

シングルベッドは菜摘の匂いがする。

かけ布団を剝いでシーツに座る。背中をヘッドボードに預けると、菜摘が子犬みたいにうれしそうに、芳樹の脚のあいだにぴょんと飛びこんできた。

「お兄ちゃんが公園でお手本を見せてくれたから……」

いきなり肉茎をぎゅっと握ってくる。

「うふ。これくらいかな」

これまで触ってきたよりもずっと強い。けれど、痛くはない。絶妙な握力だ。

ベンチでオナニーを見せ合った。そのときの芳樹の手の動きを真似しているのだ。

「ううっ、菜摘ちゃん、めちゃくちゃ気持ちいいっ」

小さな手が肉茎をしごく。

「あは、いつもよりびくびくしてる」

亀頭を包皮で隠すように上へ。戻すときは弱い力で。

芳樹のオナニー実演で、少女は男を悦ばすテクニックを学んだのだ。

「くうっ、菜摘ちゃん、上手だよ。こんなの……すぐにイッちゃうよっ」

大げさではない。自慰よりもずっと性感の高まりが速い。

正面から握られているから、親指のつけ根の拇《ぼ》指球《しきゅう》や、柔らかい水かきの部分が、亀頭裏側の縫い目を滑るのもたまらない。

風船みたいにぱんぱんにふくらんだ亀頭の先から、とろとろと先走りが垂れる。

「おチ×チンがうれしそう。じゃあ……こっちも」

ぬちゃぬちゃと右手で肉茎をしごきながら、左手が棹の根を伝い、陰嚢を包んだ。

「あう、あったかいよ」

落ち着かない牡ボールを小さな手がからかう。

「あーん、キンタマさん、かわいいなあ」

クルミのような皺袋を、興味津々で優しく揉んでいる。

先走りを垂らす肉茎をにちゃにちゃとしごく。

反り返りの外側から、尿道をマッサージするみたいに親指が擦れる。

「おおおっ、ああ……チ×ポがしびれるっ」

男性器を上下から責められて尻がシーツから浮いてしまう。

こんなにエッチでキュートな十二歳の妖精がいるのだと、世界中に宣伝してやりたいくらいのテクニックだ。

「あーっ、精子が出たくなってるのわかるよ」

陰嚢がきゅんと縮んで張りつめると、菜摘がうれしそうに肉茎しごきを激しくする。

「くうぅっ、そうだよ。もう……イキそうだ。ああっ、菜摘ちゃん、続けて」

腰を浮かせて手コキ懇願だ。年上のプライドなどどうでもいい。

「いつでもイッていいんだよ、お兄ちゃん。ん……ふ」

菜摘が顔を伏せる。

先走りを漏らす亀頭に、ぷるぷるリップでキスをされる。

少女の小さな口の中を、濃いピンクの宝玉が満たす。

「ああっ、舌、すごいよぉっ」

尿道口を舌先でちろちろと舐められる。

くすぐったさと強烈な快感が重なって、下半身の力が抜けていく。

「ひっ、ああ……出る、出ちゃうよっ」

悶絶する芳樹の太ももの上に、ツインテールが天使の羽根みたいに拡がっている。

「んく……ふ。お兄ちゃんの味……おいしい」

顔を下向きにした亀頭しゃぶりだ、菜摘の舌を温かい唾液が伝い落ちる。

ちゅく、ちゅくと口の中で、先走りと唾液をミックスされる。

「うくうっ、ああ……菜摘ちゃんの口は天国だよっ」

芳樹の声が十二歳女子の、甘い匂いがする部屋に響く。

肉茎の芯を、快楽のシロップが走り抜ける。

「ふ……ああっ、イクよっ。ああ……菜摘ちゃん、飲んで……ああぅっ」

どぷっ、どぷりっ。

「ん……んんっ、あっ、んんっ」

菜摘は熱を持った牡液を、舌の上で受け止める。

断続的な射精のあいだ、菜摘は肩を震わせていた。

濃厚な精液を含んだまま、ふーっ、ふぅと鼻で呼吸している姿がいじらしい。

射精が終わると、手で肉茎を下からゆっくりしごく。

牡のコンデンスミルクを最後の一滴まで搾り、ちゅぼ……と口をすぼめたまま顔をあげる。

口の中を精液でいっぱいにして、涙目のまま、こくん、こくんと喉を鳴らす。

舌を転がして最後まで味わってから、あーんっと口を開いた。

「えへ……たくさん飲んだから、きっと……おっぱいが大きくなるね」

苦いけれどよく効く薬を飲んだみたいに、ぷはあっと息を吐いて笑顔になった。

2

「うふ。お兄ちゃんの裸をちゃんと覚えておかなくちゃ」

菜摘の唇が芳樹の首筋を這う。

生クリームを塗ったみたいにつやつやで甘い香りのする腕が芳樹の裸体を撫でる。

「ここ……不思議だなあ。なんで毛が生えちゃうの」

菜摘が興味を示したのは十五歳の少年の腋だ。

ほとんどの同級生と同じで、すでに黒い毛が生えている。

「わからないけど……大人になる証拠らしいよ。女子だって同じだ」

中学三年生の同級生女子だって、ほとんどは腋に発毛しているだろう。ただ女子はきちんと処理している。

ジュニア向けのエステで永久脱毛したという会話を盗み聞きしたこともある。

そうかと思えば無頓着なのか肌が弱いのか、プールの授業シーズンが終わると、たまにしか腋の毛を剃《そ》らない女子もいる。

銀ぶち眼鏡で地味なクラス委員が挙手した制服の半袖から、海藻みたいに黒い毛が見えたときは、やたらとドキドキした。

「ふーん。大人かあ……あたしも早く、生えてこないかなあ」

菜摘は開いた腕の下にもぐりこんで、男の腋毛にちゅっと唇を当てた。

「わっ、くすぐったいよ」

菜摘が腋の下をぺろぺろ舐めてくる。

「んん……お兄ちゃん、かわいい」

芳樹が逃げるのがおもしろいらしい。腋毛の毛根に少女の舌が這う。

「やったな。お返しだ」

芳樹は菜摘を抱いたままごろんと転がって、小さな身体を組み敷いた。

厚手のバスタオルを奪い取る。

「あーん、お兄ちゃんはエッチだなぁ」

白いシーツの上に少女の裸体が輝く。

ふくらみかけのロリータバストの頂点に、横長のひし形乳暈に飾られたピンクの乳頭がショートケーキのイチゴみたいにおいしそうだ。

デザートより先に、まずは前菜から。

「どのくらいくすぐったいか、教えてあげる」

ホワイトチョコレートみたいな手触りの腕をつかんで持ちあげる。

つるつるの腋に顔を押しこむ。

「あーん、お兄ちゃんのヘンタイっ」

風呂あがりの肌からふわっとラベンダーのボディソープが香った。

ふだんの菜摘からはしない匂いだ。

大人っぽく見せたくて、ママのボディソープを使ったのだろう。

舌を出して少女の腋を味わう。

陽に当たらず、腕といっしょに動く場所だ。柔らかい肌と浅い皺が舌に絡む。

湯あがりにちゃんと拭いたのだろうが、肌には塩味もかすかに残っている。

「ひゃんっ、いやあっ」

犬になった気分で、舌で親愛の情を示すと、菜摘はきゃははっと笑いながら腕をおろそうとする。

けれど、舌で腋の皺をなぞれば腕から力が抜け、閉じられない。

「もうっ、くすぐったくて息ができないよぉっ」

涙目になった菜摘の腋から舌をどかせると、思春期おっぱいにしゃぶりつく。

唇をを乳房の裾野に当てて登山を楽しむと、山の頂上のご褒美乳首に吸いついた。

唇で乳暈を軽くはさみ、乳首を舌で撫でる。

小粒な乳頭が芳樹の口の中で、一生懸命背伸びしているのがわかる。

「は……ああんっ、お兄ちゃんにチューされるの、好き」

菜摘は腕を芳樹の頭にまわして引きつける。

「腋の下と同じ舐めかたなのに、おっぱいはうれしいんだね」

「うん……じーんってなって、幸せになる」

大人の女性なら恥ずかしがりそうな、いじわるな質問でも、無邪気な小学生は素直に答えてくれる。

片方の乳房を吸いながら、残る乳房を手のひらで包む。

「はあん……おっぱいをモミモミされるのも、好き」

第二次性徴期の硬い乳腺をほぐすように優しくマッサージすると、菜摘はああん……と大人びた吐息を漏らす。

乳房の谷間から、唇をまっすぐにおろしていく。

みぞおちはあまり感じないらしい。

わき腹と、腰骨のあたりはくすぐったがって笑ってばかり。

芳樹が気に入ったのは浅くてかわいらしい臍だ。シャワーを浴びたあとでも少女の肌に特有の、自生のキイチゴみたいな甘酸っぱさがある。

「あはは、お顔があったかいね」

臍から恥丘にかけての艶やかな雪原に頬ずりすると子供っぽく喜び、脚を開く。

芳樹に味わってほしい場所を教えてくれる。幼裂はぐっしょりと濡れていた。

「ん……ここ、お兄ちゃんにぺろぺろされたら、すぐにイッちゃう……」

明日になれば、しばらく菜摘とは会えない。もっと菜摘を知りたい。

姫口をあえて通り過ぎ、芳樹は少女の足下に移動する。

「あん……なんでしてくれないの。いじわる」

桜貝の貝殻みたいな爪が五つ並んだつま先が、きゅっと丸まっていた。

ガラスの靴を履かせる王子様の気分で、小さな足を両手で捧げ持つと、ぱっくりと口に含んだ。

「ひゃんっ、だめ。そんなとこ……汚いよ」

「菜摘ちゃんの身体に汚いところなんてない。ぜんぶ……すてきだ」

五本の指がしっとりと汗ばんでいた。

フェラチオみたいに親指を味わう。

指の谷間もおいしい。

特に薬指と中指のあいだが動かしにくいから、ねっとりと濃厚な味がする。

「は……ああんっ、お兄ちゃん……エッチだなあ」

悶える少女が、両脚をぶるぶる震わせる。

割れた恥裂からきらきらと光る花蜜が垂れ、シーツに染みができている。

「だめ。もう……おねがい。ええと」

菜摘が膝を大きく開き、幼裂を見せつける。

「して。ここ……食べてほしい」

芳樹が顔を寄せただけで、姫口が可憐な花のように咲いた。

複雑な粘膜の重なりが、ミルフィーユみたいでおいしそうだ。

舌を伸ばして、無毛の裂け目に当てる。

ぴりりと刺激的な牝の味が口の中に拡がった。

「は……ひゃん、オマ×コ食べられてる」

どんなにシャワーで洗っても、新たににじんでくる花蜜の味はくっきりと濃厚だ。

明るいところで見る十二歳の秘部はとても繊細だ。

陰裂の端に、ぷっくりとピンクの粒が芽吹いている。

「うう……菜摘ちゃんのクリトリス、宝石みたいだ」

舌をとがらせて雛尖をノックする。

「ひゃ……はううっ、お兄ちゃん、こんなの……教えて、ズルい。あたし……もうひとりじゃ満足できなくなっちゃった」

自慰よりも、芳樹からの愛撫の快感がはるかに大きいと告白する。

陰核のフードの奥には、ねっちりと白い新陳代謝のバターが残っていた。

「く……ううっ、菜摘ちゃんの味だっ」

少女の酸味が舌に染みる。

雛尖の下、尿道へ。針の穴の縁を舌先で、ぞりっ、ぞりっと撫でてみた。

「あう……あーうっ、お兄ちゃん、気持ちいいよぉ」

菜摘はあお向けの身体を、びくり、びくりと震わせる。

こりっと硬いロリータヒップの下に両手を入れ、ぐっと持ちあげた。

陰裂に加えて、その後方の窄まりまであらわになる。

排泄器官とは思えない、高山植物の蕾みたいにきゅっとかたくなに閉じた穴だ。

「ああ……菜摘ちゃんのウ×チの穴、かわいいよ」

わざと下品な言いかたをして、窄まりに舌を当てる。

「んーっ、んんっ、恥ずかしいよぉ」

ちろちろと舌先で窄まりを耕し、放射状の皺に舌を沈めて数えるように動かす。

シャワーで洗ってあるから、ラベンダーのボディソープの匂いしかしない。

窄まりの中心に舌を穿ち、菜摘を味わう。

「あ……ひ、ひああん……お兄ちゃん、お尻の穴だけじゃなくて、オマ×コもして
……オマ×コをずこずこ、おチ×チンで犯して」

「ああ。たっぷり犯してあげる。この穴にずっぽり……」

肛門を舐めながら、姫口の縁を中指でなぞる。

ぬるぬるの天然ローションを指に塗り、つぷぅ……と膣口に沈める。

「あふ……あっ、ああん……その穴は、お兄ちゃんの専用……だよ」

「ありがとう、菜摘ちゃん。すごくうれしいよ」

芳樹は姫口に指を穿ち、ざらついた粘膜の襞をなぞる。

「ひゃ……あんっ、逆なでしたら……だめえっ」

弱点を知られた菜摘が悶える。

潤んだ瞳が、股間に伏せた芳樹を見つめている。

「お兄ちゃん、イカせて」

すがるような目だった。

ぐしょぐしょの膣道を指で探る。

「はっ……ああっ、オマ×コの中、ごしごしされたら……イッちゃうよぉっ」

菜摘はがくがくと首を振って快楽に溺れる。

右手の中指を膣道に穿ち、膀胱の裏側をくするぐる。

「ほ……ほああっ、そこ、いい。好き。ごりごりして」

膣道の下ではすみれ色の器官が、きゅん、きゅんと呼吸するみたいに動いている。

刺激を求めているようにしか見えない。

「もっと感じさせるよ。ほら、菜摘ちゃんのお尻も……」

同時に左手の中指で花蜜が垂れた窄まりをくすぐる。

ぬりゅっ、という感触があった。

花蜜まみれの肛肉は、指戯で弛緩した膣口につられて柔らかくほぐれていたのだ。

「あっ、お尻、ふにふにするぅ」

排泄器官をいじられる違和感に眉根を寄せるが、決して嫌悪感は示さない。

「お尻……好きなのかな」

ゆっくりと指先を沈める。

第一関節まで進んだあたりで、きゅっと窄まりが締まった。

ここまでが許容範囲らしい。

膣道に深く穿った指と、肛肉をいたずらする指で菜摘という楽器を弾く。

「あ……あんっ、はひ……両側、されてるぅ」

ふたつの穴に穿った指を同時に震わせる。

こりこりした粘膜の壁越しに、二本の指の動きをシンクロさせる。

「あーっ、すごい。お兄ちゃん、あたしの身体……あたしより詳しくなってる」

M字に開いた脚、充血した乳首、そして半開きの唇から垂れるよだれ。

性感に支配された少女は美しい。

「あっ。あーん、イク、イク……イッちゃぅっ」

がくりと首を振って、菜摘は快楽に翻弄されている。

膣道の奥からどっと熱い蜜があふれ、膣口に挿入した中指のわきから、たらたらと薄濁りの絶頂シロップが漏れる。

「はひ……お兄ちゃんに……見られながらイクの、大好き……」

全身を痙攣させて汗の膜に包まれた妖精は、とろける瞳で芳樹を見つめていた。

3

あお向けに寝た菜摘に体重をかけないように、芳樹は手足を伸ばして身体を重ねる。

学習机に置かれた文房具や本、壁に貼られた合唱コンクールの賞状まで、ちょっと大人ぶりたい小学六年生らしい品々に囲まれている。

ハンガーラックの黄色い通学帽と、椅子にかかった赤いランドセルは、あと三カ月もせずにその役目を終える。

「あ……ん。すごかった……まだ胸がドキドキしてる」

かわいらしいアイテムばかりの部屋で、菜摘は脚をはしたなく開いて、芳樹の指と舌で愛液を垂らしてオーガズムに踊ってくれた。

十二歳という幼さと、女の悦に溺れる姿のギャップが男を刺激する。

ファーストキスや処女喪失の相手になるというのは男にとって栄誉だ。

さらに、はじめての絶頂を与えたというのは、相手の女性から勲章を与えられたようなものだ。

童貞だった自分が、菜摘の身体を開発したと思うと、芳樹は誇らしくなる。

「わあ、おチ×チン、もう元気になってる」

菜摘が手を伸ばして肉茎に触れる。

芸を覚えた子犬を褒めるみたいに亀頭を撫でてくれた。

「いっぱい、いろんなつながりかた……したよね」

恥ずかしい思い出を告白するみたいに、菜摘は頬を染める。

はじめての結合は騎乗位だった。ほかにもいろいろな角度で菜摘を貫いてきた。

「菜摘ちゃんはどれが好きだった？」

「うふ……ぜんぶ好き。でも、ふたりでつながりながら……えへへ、お尻をちょんって触られるの、好きかな」

菜摘ははにかむ。

挿入したまま、もうひとつの秘穴をいじられるのがお気に入りらしい。

「次に会うときは、お兄ちゃんは高校生で、あたしも中学生だね」

菜摘は目を輝かせて芳樹の裸の胸にキスをする。

芳樹は、今のうちに目に焼きつけておきたい菜摘の服装があった。

「あの、その前にさ……僕、菜摘のランドセルと通学帽の格好を見たいな。だって、三年前に見たきりだから」

「えーっ、恥ずかしいよ」

菜摘は頬をふくらませる。

六年生ともなれば身長も伸びて、顔も大人びてくる。

一年生と同じデザインの通学帽やランドセル姿が子供っぽくていやなのだろうか。

「頼むよ。ほら、外に出るわけじゃないし」

寒い冬に合わせた服でなくてもいい。ふだんの菜摘の姿を思い出にしたいのだ。

「わかった。そしたら……お布団の中に入ってて。見たらだめだよ」

クローゼットを見られるのがいやなのか、それとも下着を穿くシーンが恥ずかしいのか。不思議に思いながら芳樹は布団をかぶる。

布団の中は少女の匂いと湿気に満たされている。菜摘の胎内に入ったみたいだ。

手も触れていないのに先走りの露がにじむ。

「うう……用意できた。お兄ちゃん、ぜったい笑わないでね」

「うん。もちろん」

布団を剥いで、部屋の中央に立つ少女に視線を向ける。

「う……うわっ」

菜摘の姿は、想像を超えていた。

黄色い通学帽と赤いランドセル以外、いっさい身につけていないのだ。

(菜摘ちゃん、僕の希望を勘違いしてた。でも、なんてエッチなんだ)

ふくらみかけの、小皿を伏せたようなおっぱいをランドセルの肩ベルトが挟む。

大人になりきれないお尻の丸さを強調するのはかっちりした革のボックス。

わきの金属製フックに、ひまわりの形をした防犯ブザーが吊るされているのが背徳感を高めている。

全周につばのある黄色いチューリップハットには、反射材でできた小さいリボンが飾られている。

通学帽の下から、不安そうな瞳が芳樹の反応をうかがう。

「やっぱり……おかしいよ。うう、お兄ちゃんのヘンタイ」

帽子とランドセルを身につけてほしいという願いを素直に聞いてくれたのだ。

今さら菜摘の勘違いだとは言えない。いや、言う気もない。

女子小学生が好きなのではなく、相思相愛の相手が小学六年生だった芳樹にも、裸ランドセルの破壊力は圧倒的だった。

「ううっ、菜摘ちゃん、とってもかわいくて……ああっ、がまんできないよっ」

芳樹はベッドからおりた。

ぶるんっと頭を振りまわして先走りを垂らす勃起に、通学帽の少女が目を丸くする。

裸ランドセルで立つ妖精を崇拝するようにひざまずく。

目の前には少女の無毛恥裂がある。

ついさっき、芳樹の舌と指で全身を震わせてイキ顔を見せてくれた。

ねっとりと濃い、膣蜜とごく少量の小水が混じった恥香が男を誘う。

「ああ……とってもきれいで、おいしそうだよっ」

正面から脚のつけ根に称賛のキスをする。

「ああん……お兄ちゃん、はあんっ、舌……入ってくるぅ」

伸ばした舌が浅い陰裂にぴったりとはまる。

小粒なクリトリスの場所も、もう覚えた。舌を丸めると、敏感な真珠に当たる。

「は……ひっ、びりびりしちゃうっ」

黄色い通学帽から生えたツインテールが踊る。

見あげると、菜摘は薄皿バストの谷間から、唇を舐め、うっとりした視線を芳樹に向けていた。

神秘のY字のすきまを執拗《しつよう》に舐めつづけると、菜摘の脚が開いていく。

舌先が姫口の縁に当たる。

「ひゃんっ、あーん、立ってられなくなる」

絶頂と同時にわずかにおしっこを漏らしたのか、かすかな塩味がスパイスになって、少女の膣口はいくら舐めても飽きない美味だ。

極薄の小陰唇に舌で唾液を運びつづけると、菜摘の脚ががくがくと震えだした。

「ひ、はっ、だめ……っ」

フィギュアスケートの回転みたいにくるりとまわると、バランスを崩してベッドに手をついてしまう。

脚をコンパスみたいに開き、両腕をベッドに置いてバランスを保っている。

「おおっ、菜摘ちゃんのお尻が開いてる」

膝立ちになった芳樹の眼前で、高貴な生クリーム色のヒップが左右に割れていた。

浅い谷間の底に、すみれ色の肛花の蕾がある。

「やんっ、お尻……見られてる」

熱い男の視線を感じて、菜摘がランドセルを背負ったままぷりぷりと腰を振る。逃げようとしているのだろうが、かえって男を誘う煽情《せんじょう》的な動きだ。

天使のように愛らしく、妖精のように神秘的な少女にも排泄のための穴がある。

ずっとそれが不思議だった。

だが先ほど、菜摘は「お尻をちょんって触られるの、好き」と告白してくれた。

目の前の肛門はただの排泄器官ではない。菜摘の性感帯だ。

芳樹は二個の水風船に挟まれた渓谷に頭を突っこんだ。

「ひゃあんっ、だめ。さっきとろとろになっちゃったから、恥ずかしいっ」

舌でちょんと窄まりを突いただけで、菜摘はベッドに上半身を預けて悶える。

芳樹の小指の先ほどの面積に、薄紫の幼アヌスがぷっくりと山になっている。

頂上がカルデラ湖みたいにわずかにへこみ、裾野に行くにしたがって色は薄くなっている。

芳樹はビワの実の尻にも似た小さな恥器官を唇で包む。

「んっ、お兄ちゃんのベロが……あーん、そこ、いちばん汚いのに」

排泄の穴をちゅうちゅう吸われて、黄色い通学帽をかぶったままの菜摘は、振り返って泣きそうな表情を浮かべる。

「菜摘ちゃんのお尻はとってもきれいだ。柔らかくて、きゅんきゅん締まる」

本心だった。今の芳樹には、少女の身体から生まれるものならなんだって甘露に感じるだろう。

ほかの誰にも触らせない、芳樹だけの秘穴だ。

舌先で窄まりの中心をつつくと、ベッドに肘をついて伏せた菜摘の腰が震える。

身体の揺れは背負ったランドセルに伝わり、金具ががしゃがしゃと音をたてる。

小学生がはしゃぎながら通学するときの音だ。

「はううっ、お尻をいじわるされると……きゅんってなる。ヘンだよう」

先ほど、膣道との二穴を同時に指で責めたときは意外なほどするりと指が入ってしまったが、骨がなくてソフトな舌は挿入を許されない。

代わりに、芳樹は存分に少女の恥穴に唾液をまぶし、味わう。

「あーん、お兄ちゃんのヘンタイっ」

「んく……お尻を舐められてるのに、うれしそうに脚を開いてる菜摘ちゃんだってヘンタイだよ……っ」

膣口から分泌された少女の興奮エキスが肛肉にも染みこんでいた。

「……じゃあ、あたしもヘンタイの仲間になるぅ」

窄まりをちろちろと舐めるのに合わせて、あっ、あっ、あ……と切なそうなため息が漏れている。

「うう……おねがい。もう……じくじくが止まらないの」

肛肉に連動するように、先ほどたっぷりと愛した姫口がぱっくりと開き、搾りたての少女ジュースを染み出させている。

「お兄ちゃん、挿れて」

ついに菜摘は、ぷりぷりとお尻を振って挿入をねだってきた。

4

ベッドに肘をついて、脚を拡げている菜摘が、獣のポーズで結合を求める。

(お尻が小さいからオマ×コもお尻の穴も、クリトリスだって丸見えだ)

全身がつるつるで、西洋の人形みたいなのに、脚のあいだにある器官は複雑だ。

陰裂の前端には、薄い包皮に守られた真珠の粒と、芳樹の前で水流ショーを見せてくれた尿道口がある。

姫口は菜摘と芳樹が再会してから今日までの短期間に異性から与えられる快感を知り、蕾から満開へと咲きつつあった。

ピンク色の粘膜が重なって、鍾乳洞《しょうにゅうどう》みたいにつやつやと湿っている。

その上には、芳樹が発見したばかりの、少女の新しい性感の窄まりがある。すみれ色のおちょぼ口は、芳樹の視線を浴びると恥ずかしそうにきゅっと締まる。

背中に乗っている赤いランドセルと十二歳の小学生にナマ挿入という、禁断の行為への背徳感を高める。

「もう……お兄ちゃん、見学だけなんて、いじわる」

横を向いた菜摘が唇をつんととがらせる。

「うん……挿れるよ」

跳ねようとする勃起を指で押し下げて、花蜜まみれの膣口に当てる。

刺激を待ち受けていた膣口が、優しく亀頭を迎える。

花蜜に満ちた洞窟に誘われて、穂先がにゅるりと滑りこんだ。

「菜摘ちゃんの中……あったかい」

後背位での挿入は、はじめてだ。

視線を落とすと、赤いランドセルの下に逆にしたハートみたいなお尻がある。

磨いた大理石の彫刻みたいにつるつるのヒップの中心に、ごつごつとした肉茎が打ちこまれている。

ゆっくりと前後に動かす。

「ん……はああっ、ずぼずぼ、エッチだよぉ」

ベッドに伏せた菜摘の声がシーツに染みる。

手前に引いて、姫口の裏側に亀頭冠をひっかける。

「ほわ……それ、なんか、くすぐったいのに気持ちいいよぉ」

薄い小陰唇が、芳樹が肉茎をはじく動きにつられてぷるっと裏返しになりそうだ。

「はうう、おチ×チンの頭が、いつもより大きいみたい」

抽送のペースはゆっくりでも、快感は大きい。

尻をつかまれて獣のように犯される少女の背中で、ランドセルの金具がかちゃかちゃと鳴る。防犯ブザーも揺れて、菜摘の腰をひたん、ひたんと打つ。

「きっと、オマ×コがきゅっと締めつけてくれるからだよ」

弓なりに反った牡肉が受ける、膣襞の感触が正常位とは違う。

「くはあっ、気持ちいいよ。ざらざらして、チ×ポが負けるっ」

膀胱側にある細かい襞の密集地が、男の快感エリア、裏の縫い目を撫でる。

「ふわ……後ろからされると、おチ×チンが奥に届くのが、すっごくよくわかる」

ゆっくりと膣道を開拓していくと、びくんと全身が硬直する。

「は……あっ、お兄ちゃんに突き刺されて、動けない……」

亀頭の裾で襞を削られる感覚がより強くなるらしい。

穂先が、行き止まりの子宮口に届くのも早かった。

「ひゃんっ、奥をつんつんするの、反則だよぉ……っ」

じゅぷっ。

首を伸ばした子宮口のわきから、温かい蜜が亀頭に浴びせられる。

「はひ……あおおおっ、お兄……ひゃん、あふううっ」

菜摘が、水を浴びたあとの子犬みたいに全身を震わせる。

膣口が断続的に肉茎の根を搾る。

強烈な締めつけは、少女が絶頂する瞬間の反応だ。

「う……菜摘ちゃん、もうイッちゃったの？」

芳樹の問いに、ぎゅっと姫口が収縮して答える。膣道が蠕動して、懸命に精を吸い取ろうとしている。

「あーん、そんなの……聞かないでっ」

菜摘は首を横に振るが、性器の反応で簡単に絶頂してしまったのだとわかる。

「だって……後ろからされるの、とっても気持ちいいんだもん」

ぷいっと横を向く。チューリップハットからちらりとのぞいた耳が真っ赤だ。

「ああ……菜摘ちゃん、かわいいよっ」

身長が二十センチほど違うから、後背位で挿入しながらキスもできそうだ。

剛直を突きたてたまま手を伸ばして菜摘を振り返らせようとする。

「だめ。今日は……顔、見ないで」

菜摘は黄色い通学帽のつばを両手で引っ張って目深にかぶり、シーツにあごを押しつける。

「エッチな顔で……ブスになっちゃってるから、見せられないよぉ」

首を振っていやいやをするたびにツインテールが揺れる。

後ろから子宮口を突かれて陶酔する顔を、大好きな恋人に見せたくないのだ。

けれど芳樹は、菜摘が感じているときの、泣きだす寸前なのに口もとだけが笑っているみたいな、無防備なイキ顔が大好きだ。

明日からはお互い、再会する前の生活がしばらく続く。

(思い出に、菜摘ちゃんがイク瞬間の顔を見ておきたい)

といっても、後背位では菜摘の顔を観賞するすべがない。

ふとクローゼットの横にある、縦長の姿見を思い出した。

菜摘が伏せている位置を変えれば、顔が映りそうだ。

(バックから挿れたまま、顔が見えるのって、きっと、すごくいやらしいぞ)

新技術を発明した気分になって、菜摘との結合部分を見おろす。

新鮮な花蜜で濡れ光る、黒い肉茎が、淡い桃色の陰唇を割ってめりこむ。

そのすぐ上に、すみれ色の肛肉がひくついていた。

芳樹は自分の肉茎をコーティングした少女の天然ローションを中指ですくう。

ぬるりとしたロリータ露を、指先で窄まりになじませる。

「ひゃん……あっ、お兄ちゃん、お尻……ふわわっ」

なんの前触れもなく肛門をいじられて驚いたのか、菜摘は腰をくねくねと振る。

「力を抜いて。菜摘ちゃんのこと、お尻でも感じさせてあげたいんだ」

たっぷりと花蜜を塗ったおちょぼ口に、ゆっくりと中指を侵入させる。

「あっ、あ……ああん、入ってくる……んぁっ」

肛門を締めるには、筋肉がつながっている膣口を閉じたい。けれど、少女の性器には太い牡槍が穿たれているから無理だ。

「んあっ、お兄ちゃんの指……お尻にぃ、はあ……うっ」

ランドセルの金具をかちゃかちゃ鳴らして悶える菜摘の恥ずかしい渦穴に、にゅるりと中指が滑りこんだ。

「ひゃんっ」

一方通行のはずの器官に、少年の節くれだった指を穿たれた少女が悲鳴をあげる。

「菜摘ちゃんの内側、ひんやりしてる……」

少女の直腸の壁は、膣道とはまるで違う。柔らかくてつるりとした触感だ。

「は……あおおっ、だめっ。お尻の中……ぐりぐりしないでぇ」

菜摘が息を荒くして腰をくねらせる。

指と男性器で二穴を同時に愛される違和感に慣れていないのも当然だ。まだ身体や性器も成長途中の十二歳で、処女を喪失してわずか二日なのだ。

けれど、決して痛がってはいない。

「あ……ん。なんだか、身体のぜんぶ……お兄ちゃんのものになったみたい」

一瞬だけ、菜摘が振り返った。

けなげに恋人の行為を受け入れる少女は、ちょっと無理しながらも笑ってくれたが、すぐにシーツに顔を伏せてしまった。

「ほら、お尻をあげて。もっと気持ちよくなるよ」

「うう……これ以上気持ちよくなったら、泣いちゃうから」

すねた口調だけれど、菜摘はくいっとお尻をあげてくれた。

伏せて背中を伸ばす、猫のポーズだ。

（もっと菜摘ちゃんの顔を見たい。イクところを目に焼きつけたい）

芳樹は幼膣の滑りを満喫しながら、右手の中指でくんっと腸壁を押しあげた。

「は……ああんっ、だめ。お尻……んんっ」

思ったとおり、四つん這いだった少女がのけぞった。

その正面には姿見がある。

「くうっ、菜摘ちゃん……」

黄色い通学帽の下で、妖精の顔は完全にとろけていた。

自然なままで太めの眉を寄せ、さくらんぼ色の下唇を、真っ白な歯が噛んでいる。

「お……ひいっ、奥……深いとこ、おチ×チンでくちゅくちゅされて……またイッちゃう。お兄ちゃんのいじわる。あたしばっかりイカせて……んひいいっ」

膣道と直腸で吹き荒れる、快楽の嵐に翻弄される顔だ。

まぶたを閉じて頭を振りまわす。左右のツインテールが鞭《むち》みたいに肩をたたいた。

(たまらない。よだれを垂らしてチ×ポに夢中でイキまくってる)

挿入だけで達してしまった、感じやすい身体だ。

「ほひ……あーん、お兄ちゃん、もっといじめて。もっと悪い子になりたいのっ」

二度、三度と連続して吹き荒れるアクメの暴風が、菜摘から羞恥心と理性を奪う。

「よしっ、イッてばかりのエッチな子のオマ×コに、たっぷりおしおきだっ」

大きめのストロークで膣道を支配し、子宮口を穂先でノックする。

花蜜の海に、芳樹も先走りの汁をたらり、たらりと加える。

「あっ、ああ……お兄ちゃん、激しいっ。あふぅ、いい。好きぃ」

雄々しい抽送に、小さな手がシーツを握りしめる。

背中のランドセルも前後に揺さぶられる。

「ほわ……あーん、気持ちよすぎて、ヘンになるぅ」

低い位置に逃げようとする少女の尻を、肛門に穿った指フックで持ちあげる。

「ひゃんっ、やあ……お尻、動かせないぃ」

リング状のこりっとした肛肉の裏に、曲げた指を引っかける。

「逃げちゃだめだよ。ほら、チ×ポでかわいがってあげる」

くいっと引きよせれば、まるで少女が自分から深い結合を望んでいるように、汗ばんで光るロリータヒップが男の股間にぶつかる。

「くう……菜摘ちゃんが大好きなおチ×チンが、奥まで届いてるよ」

指の肛門フックで、尻を上下、左右に自在にコントロールできる。

「ほわ……はひ……ひあああっ」

菜摘が悶えるたびに膣道が収縮し、肉茎をぎゅうぎゅう圧縮する。

精液が下腹の奥で沸騰しているのがわかる。

「ウ×チの穴がひくひくして、気持ちよさそうだよ」

二穴を隔てる粘膜の壁をきゅんと押してみた。

「あーあっ、ひぃいいっ、気持ちいいのぉっ」

絶叫と同時に菜摘がのけぞった。

正面の姿見に映っているのは、唇を開き、舌を垂らした少女だ。

あひ、あひぇ……と声にならない喘ぎ声といっしょに、透明な唾液がつうっと糸を引いて落ちる。

まぶたが半分開いているから、自分の顔が姿見に映っているのはわかっていても、快楽に溺れる少女の脳はショートしてしまったようだ。

「ひゃうう、おチ×チン、すっごいよぉ……ウ×チの穴まで……びくびくするぅ」

肉槍で突くたびに、小学生の通学帽と絹糸のような黒髪が揺れる。

ランドセルの肩ベルトに挟まれた乳房は下向きでも隆起の大きさは変わらないが、先端の乳首は野イチゴみたいに赤く腫れてとがっている。

肉茎の根がきゅっと締められる。

「くうっ、菜摘ちゃん……またイッてるっ」

「あーん、どうしてわかっちゃうの……はひっ、お兄ちゃんも……イッて。出して。あたしの中をぐっちゃぐちゃにしてえっ」

がくがくと頭を振るのに合わせてランドセルがロデオの鞍《くら》みたいに揺れる。

「ああ……イクよ。菜摘ちゃん、大好きだっ。ずっと好きだったよ」

愛の告白と同時に、芳樹は射精する。

「あーん、うれしい。大好き。お嫁さんに……してっ」

「そうだ。菜摘ちゃん、お嫁さんになって。家族になろうっ」

神聖な生殖ルームのドアを、男の先端でノックする。

「ああん……お兄ちゃん、ずっと、あたしのこと……ひとりじめしてぇっ」

シーツを握りしめる小さな拳が震えている。

「く……ううっ、菜摘ちゃん、イクよ。愛してるっ」

芳樹が生まれてはじめて、他人に使った言葉だった。

「ひ……うれしいよぉ……っ」

びゅるっ。どくり……どぷううっ。

膣奥めがけてありったけの精を注ぎこむ。

最奥で待ち構えていた未成熟な子宮口が、愛する相手の生殖エキスをこくこくと飲みこんでいく。

ふたつの穴でつながったまま、少年と少女はびくびくと身体を震わせつづけた。

バックで激しく突かれた菜摘は、マラソンでゴールした直後みたいな呼吸を繰り返している。

長い射精が終わった。

芳樹は手を伸ばし、菜摘の頬を撫でる。

「ひゃ……ん。お兄ちゃんに、たっぷり……されちゃったぁ」

振り返った顔は、まるで聖母のように慈悲深く、温かい笑みを浮かべていた。

芳樹はにゅるりと肉茎を抜く。

少女の花蜜と少年の精液がミックスされた、愛情のカクテルが、ねち……ねちっと糸を引く。

「菜摘ちゃん、さっきの……本気だよ。お嫁さんにしたい」

十五歳の少年は、まだ当分結婚などできない。

それでも芳樹は真剣だった。菜摘のわきに寝て、小さな恋人を抱きしめる。

「でも……明日から、しばらく会えないよね」

芳樹は明日、数百キロ離れた現在の家に戻る。

「約束するよ、菜摘ちゃんが中学生になったら……きっと帰ってくる。高校に入ったらアルバイトができるから、すぐに会いに来る」

「……絶対だよ。ずっと待ってる。毎晩、お兄ちゃんのことを考えるから」

菜摘は自分から唇を押しつけてきた。

「あたしもお小遣いを貯《た》める。お兄ちゃんの里帰り、手伝えるように」

黄色いチューリップハットを脱ぐと、芳樹にすぽんとかぶせる。

通学帽は菜摘とサイズが違いすぎて、芳樹の短髪頭にちょんと載っただけだ。

「えへ。お兄ちゃんの頭、もう小学生とは違うんだね」

自分の子供の成長を喜ぶみたいな、大人びているくせに無限に優しい笑顔だ。

汗でひんやりする少女の裸体を、ランドセルごとぎゅっと抱きしめる。

甘い少女の匂いを、芳樹は一生忘れることはないだろう。

「もう一回、キスをしよう」

ツインテールの髪を撫でる。

「一回じゃいや。たくさんがいい」

小さな身体が、芳樹に重なってきた。

第六章　セーラー服の女神

1

バスをおりた芳樹の顔を、朝日が直撃する。まぶしくて目を細めた。

今、芳樹が暮らす家から電車と夜行バスを乗り継いで、生家に近いターミナル駅に着いたのは早朝だ。

さらに駅からの路線バスを二十分も待った。休日ダイヤで本数が少ないのだ。

父親から借りた出張用のカートを引きずって、ようやく生家にたどりついた。

四月とはいえ、朝は肌寒い。

生家に続く角を曲がる。

「おかえりっ、お兄ちゃん」

黒っぽい影が飛びこんでくる。

「わっ」

散歩中の大型犬にぶつかったみたいな感触だ。

黒い髪の頭をぐりぐりと胸に押しつけられる。

三カ月ぶりに嗅ぐ、健康的な干し草の匂いが懐かしい。

「菜摘ちゃん、僕が来るのを待っててくれたのか」

小学校の卒業祝いに、菜摘は自分のスマホを持つようになった。芳樹とは毎晩メッセージのやりとりをしている。

夜行バスで向かうとは伝えていたけれど、はっきりした到着時間は未定だった。

「サプライズだよ。お兄ちゃんちの合鍵で、中に入ってたの」

お互いの両親、特に母親同士は仲がよい。

ふだんは誰もいない留守宅で問題があったときに備えて、芳樹の母親は家の鍵を菜摘の家に預けているのだ。

スマホでやりとりしてはいても、菜摘は「会うときまでおあずけ」と画像は送ってくれなかった。芳樹としてはエッチな画像も見たかったのだが、万一の流出が……と学校で習ったネットリテラシーで諭されては反論もできない。

三カ月ぶりの恋人。そしてはじめて見る制服姿。

芳樹はセーラー服の妖精に見とれて、言葉も忘れてしまった。

菜摘はぴょん、とジャンプして芳樹から離れる。

「そんなことより……お兄ちゃん、まず言うことはないかな？」

後ろに手を組んで、ふふんと胸を張る。

「あっ……制服。似合ってるよ」

紺のセーラー服で、襟と袖口には三本の白線が入っている。

襟を通した鮮やかな水色のスカーフはきちんと左右対称だ。

「うふ。ほんとは入学式で見てもらいたかったな」

昨日が菜摘の入学式、今日は休みだ。

中学校の制服姿を画像で送ってもらったが、実際に目にするのははじめてだ。

「ほら。もっと褒めて」

菜摘はその場でくるりとまわった。

バレリーナみたいに優雅にとはいかず、新品の黒ローファーシューズでトトッとその場で足踏みして回転した。

紺のプリーツスカートがふわりと浮く。膝までの黒いハイソックスは、校章が刺繍されていた。

「すごくかわいい。お嬢様っぽい」

菜摘が入学した中学校は公立だが、歴史が長くて昔は女子校だったこともあり、制服はクラシカルなデザインだ。小柄で細身の菜摘に似合っている。

「あと……褒めるところ、ほかにあるよね」

たった三カ月なのに、菜摘の雰囲気がずいぶん変わった。

（やけに大人っぽい。なんでだ）

「お兄ちゃんなら、すぐにわかると思う」

セーラー服の背中で手を組むと、菜摘は謎をかけるように芳樹の顔を見あげる。

水色のスカーフが、胸もとにふんわりと垂れている。

「わかった。前よりも、おっぱいが大きくなってる……だよね」

セーラー服がふんわりと柔らかそうにふくらんでいる。

あと二カ月ほどで十三歳になる身体が、大人になりつつある証拠だ。

「……は？」

芳樹は自信をもって答えたのに、菜摘は不満そうに眉根を寄せ、目を細くする。

「あのさあ……お兄ちゃん」

菜摘は艶やかな黒髪を耳にかきあげた。春風に髪が遊ばれている。

「あっ、ヘアゴム……なくなってる」

菜摘のトレードマークだった、ピンクのヘアゴムをしていない。

「やっと気がついたんだ……ちょっとショックだなあ」

ツインテールだと細い首やまんまるの頭が強調されて子供っぽかったのが、ロングヘアを肩から落とし、前髪を眉に合わせてカットしている。

髪型が変わっただけで二重のまぶたと長いまつげが強調されて、とても大人っぽく見えるのだ。

以前の菜摘は、ボールがついたヘアゴムを、低学年のころに秋祭りで芳樹からもらった大事な品だと言っていた。

思い出のヘアゴムをしていないのはちょっと寂しいが、目が大きくてすっきりした顔立ちの中学生にはツインテールでは幼く見えてしまうのだろう。

「ごめん。だって……制服姿が新鮮で、髪までわからなくて。背も大きくなってる気がするし、その、お姉さんになったたってびっくりして」

毎晩のようにメッセージをやりとりしていたけれど、髪型を変えた話はしてくれなかった。だからといって、新しい髪型に目を向けなかったのは大失敗だ。

「背も二センチくらい伸びたよ。百四十七センチ。でも、おっぱいは変わってない」

女の子が恋人から変化を気づいてほしいベストスリーに入る髪型を見逃した、高校に入学したばかりの彼氏をにらみつける。

「三カ月ぶりに会えたのに。あーあ、お兄ちゃんにはがっかりだよ」

ふんっと鼻を上向かせて、芳樹の生家に向かって歩いていく。

芳樹はあわてて後ろからその手を握った。

小学六年生だった菜摘の爪は丸くてかわいらしかった。爪切りでパチンと切っていたのだろう。今の菜摘の爪は縦長だ。爪やすりできれいに整えている。

たった三カ月前のことなのに、菜摘は大人になりはじめている。

菜摘の成長がうれしくて、でも怖くて、そして胸が潰れそうなほどいとおしい。

「待ってよ。まだ、ただいまのあいさつをしてない」

手を引っ張って後ろを向かせると、芳樹は斜め上から唇を重ねた。

自宅のすぐ近所の公道、おまけに中学の制服姿でのキスだ。

「ん……んんっ」

一瞬だけ背中が硬直した。

最初は芳樹が三歳上の高校生らしく腰を抱いてリードする。

けれど、周囲に人がいないとわかると菜摘のほうが積極的になる。

「あん……お兄ちゃん……んふ」

マシュマロみたいに柔らかい唇が割れて、薄くて温かい舌が伸びてくる。

「うっ、菜摘ちゃん……っ」

溶けたアイスクリームを、コーンから垂れる前に舐めるみたいに、菜摘の舌が芳樹の唇を滑る。三カ月ぶりのつぶらな瞳に魅了される。

「おかえり、お兄ちゃん」

ちゅっとかわいい音をたて、スマートにキスを終わらせたのは菜摘だ。

革のローファーを履いて背伸びしていた足がもとに戻る。

「でも……あたしの髪型に気がつかなかったのは大減点だから」

長い黒髪をさらりと肩に払いのける仕草は、もう完全にレディだ。

「おうちに着いたら、お兄ちゃんにペナルティがあります」

とっておきのいたずらを思いついたように目を輝かせた。

たたっと走ると、カートを引く芳樹の代わりに、菜摘が玄関をあけてくれた。

空き家になっている生家に芳樹が入るのは、小学六年生の菜摘と冬休みに再会して以来だ。

中は暖かかった。

温度が高いのではない。昔、家族で暮らしていたころを思い出す、人間の営みのぬくもりだ。

「うふ。お兄ちゃん、ちょっと廊下で待ってて」

おろしたての黒革のローファーを脱いだ、女子中学生の黒ハイソックスが廊下の奥に消える。

すっかり自分の家みたいな扱いだ。

意味もわからずに廊下で待っていると、しばらくして菜摘がキッチンのドアから顔を出した。

きらきら輝く目とふわふわの笑顔で、本来の住人の少年に手招きをする。

「あたし、ちょっとだけキッチンを借りたから」

冷蔵庫や食器は引っ越しで持っていったから、殺風景な白一色のキッチンだ。

残していったサイドテーブルの上に、小さめのホールケーキがあった。

白いクリームが塗りつけられ、イチゴとブルーベリーで飾られていた。

まんなかにささったクッキーには「おかえりなさい」と絞ったチョコレートの文字。

ちょっと字が失敗して書き直した跡がある。

「このケーキ、菜摘ちゃんが作ったの？」

夜行バスの疲れも吹き飛ぶほどに喜ぶ芳樹の顔を見て菜摘は、えへんと腰に両手の甲を当てる。

「がんばったから、あたま……なでて」

「うんっ、ああ……うれしいよっ」

撫でるどころではすまない。

ぎゅっとセーラー服の細い身体を抱きしめて、つるつるの髪を撫で、つむじからのぞく、健康的に光る頭皮にキスの雨を降らせる。

「でもケーキのごほうびの前に、さっきのペナルティがあるの、忘れてないよね」

髪型の変化に気づかなかった失敗のことだ。なにをされるのだろう。

「こっち。もう準備してあるの」

芳樹の手を引く手のひらが、緊張で軽く汗ばんでいた。磨いた桜貝みたいな爪が、芳樹の手をひっかくのも前戯だ。

菜摘に会えると思うと、ティッシュに射精するのがもったいなくて、一週間ほど自慰もしていない。

ジーンズの中で勃起が苦しい。

向かったのは、掘りごたつがあるリビングの前だ。

小学六年生のとき、三年生の菜摘にはじめてキスをされた部屋。

三カ月前の冬休みに菜摘の手で射精し、そして菜摘の幼裂にはじめて触れた部屋。

思い出のリビングに入って、芳樹は驚いた。

掘りごたつのわきに布団が置いてあるのだ。

「これって、二階にある僕の布団だよね。菜摘ちゃんがおろしてきたのか」

芳樹の問いに、ロングヘアの少女が頬を染めてうなずく。

「このお部屋、好きだから……お兄ちゃんと、ここで……したくって」

セーラー服の女神《ミューズ》が布団の上に体育座りすると、ゆっくりとプリーツスカートを引きあげていく。

「ああ……菜摘ちゃん、ずっと会いたかった」

芳樹は魔法をかけられた愚者のように、黒のハイソックスとつるんと丸い膝の前にひざまずく。

ぬかずいた視線の先に、桃源郷があった。

2

布団に座った菜摘の膝が開いていく。

「ええっ……まさか」

持ちあげられたプリーツスカートの中に、下着はなかった。

バタークリームみたいなつるりとした太もものあいだに、芳樹が夢にまで見た繊細な幼裂が光っている。

「えへ。さっき、キッチンで脱いじゃった」

芳樹を廊下に待たせていたほんの少しのあいだに、菜摘は下着を脱いだようだ。

無邪気にケーキ作りの話をしながら、おろしたての制服スカートの中は丸出しだったのだ。

小悪魔スマイルの少女が体育座りで芳樹を見あげる。

(なんて悪い子なんだ)

「お兄ちゃんへのペナルティは、これ……」

膝を割って、脚をM字にする。

さらに、ころんと身体を傾ける。

左右均等に布団についていた尻の右側だけが浮いて、幼裂の奥まですべてがあからさまになる。

「ぺろぺろして。気持ちよくして。それがペナルティだから」

スカートをウエストで巻いて、下半身を丸出しにした菜摘は、はーっ、はーっと息を荒くする。

三カ月ぶりに会う年上の恋人に奉仕を求める興奮で目は潤み、唇がわなないて白い歯がのぞく。

「ずっと……したかった。ここにキスしたかったよっ」

ペナルティだなんてとんでもない。芳樹にとってはご褒美だ。

香りに誘われるミツバチみたいに、清らかな花園に芳樹が顔を伏せる。

「あ……ああっ、菜摘ちゃん、すごくきれいだ」

「えへ。ちょっといい匂いするでしょ。学校で流行ってるの」

ボディソープを子供向けから変えたらしい。

ソフトなシトラスの香りが、女の子からお姉さんに脱皮しつつある身体を飾っている。きっとデオドラント効果の高い女子学生向けだ。

けれどさらに顔を恥裂に寄せれば、少女の湿気が鼻腔を満たす。

ほのかなヨーグルトとレモンを合わせた芳香が芳樹の意識をとろけさせる。

スマホ越しのメッセージで何度か頼んでも、かたくなに画像を送るのをこばまれたロリータの渓谷。けれど、今はそのおあずけがありがたい。

画像や音声入りの動画でも、スカートに隠れていた新陳代謝の湿気と思春期の体温は伝わらない。

「あーん、お兄ちゃんに見られるの、クセになっちゃう」

毛並みのよい黒猫少女が、喉をごろごろ鳴らしそうな甘え声で脚を開いてくれる。

「ううっ、菜摘ちゃんのオマ×コ……三カ月ぶりだ」

明るい部屋で見る少女の恥裂は格別だ。

ゴム風船みたいに均質な太ももの肌のあいだに、淡い紫色の山脈が向き合う。

山脈の中央の谷に桃色の湖が美しい水をたたえていた。恥丘に近い湖の岸辺に目を凝らすと、小さなとんがり屋根の雛尖がある。

雛尖の隣には、温かくて金色の甘露を噴く極小の穴。芳樹の視線を浴びて、きゅっと縮こまる。

「ああっ、とってもかわいいよ。くしゅくしゅの襞からエッチなおつゆが出てる」

幼裂の中心に視線を奪われる。

菜摘の指先ほどの姫口の内側にはピンクとオレンジの複雑な粘膜が重なり、花蜜できらきら輝いている。

自然に舌がとがり、姫口の縁に触れる。

「んんっ」

軽い接触なのに、菜摘の太ももがびくんと震えた。

「三カ月……ずっとお兄ちゃんにぺろぺろされたかった……あんっ」

つぶやきに似た告白も、陰唇をつうっと舌先でなぞると甘い悲鳴に変わる。

舌をまっすぐに伸ばして膣口に浅く打ちこむ。

「ひっ、はあん……指でするのと、ぜんぜん違うよぉ」

汗でひんやりした太ももが芳樹の頭を挟む。

「なんだ。僕と会えないあいだに、オナニーしてたんだ。メッセージではそんなこと書かなかったくせに」

おしおきとばかりに芳樹は舌で膣口を掘る。無数の溝が舌に絡みつく。

「ひゃんっ、だって、あーん、寂しくて、うずうずして……はううっ」

舌をとがらせて膣口を内側から拡げてやると、襞の奥から海水を薄めたような新鮮なジュースがわいてくる。

芳樹の味蕾（みらい）に、少女膣のマイルドな酸味が染みる。

「オナニーばっかりしてるから、すぐにエッチなお水が出てくるよ」

「いやぁ……そんなの、しかたないじゃない。だってお兄ちゃんのことを考えると、ドキドキして、ひゃ、はんっ、とんがってるとこも、してぇ……」

芳樹にペナルティを与えると宣言したはずが、すっかり受け身の甘えんぼうだ。

舌を膣道に埋めたまま、上唇で陰裂の縁に芽吹いた極小の雛尖を撫でてやる。

ぷりっとした真珠の感触が楽しい。

姫口とクリトリス、少女の象徴を同時に味わえる。

「はひ……ああん、いい。お兄ちゃん……あひっ、あっ、ひんっ」

黒いハイソックスを履いたかかとが、ぱたぱたと芳樹の肩をたたいた。

舌をさらに沈めた瞬間、ふくらはぎがきゅっと硬くなった。

「ひ……はひ、ひゃう、ひゃう……イッちゃう、イッちゃうよおっ」

片脚を浮かせたM字開脚のまま、菜摘の尻がベッドの上でびくびくと震える。

「えっ、こんなに早くイッちゃうなんて」

予想外の絶頂宣言と同時に、熱くてとろりとした蜜が膣道の奥からあふれてきた。

「うう……だって、お兄ちゃん、すっごく……上手なんだもん」

局部を丸出しにしたまま、菜摘はぷいと横を向く。簡単に達してしまったのが恥ずかしいのだ。

「ありがとう……男は、自分の彼女がイッてくれるのがすごくうれしいんだ」

「あっ、それ……もう一回、お願い」

「えっ？」

「彼女って言って、あたしのことを」

「菜摘ちゃんは……菜摘は、僕の彼女だよ。最高の彼女だ」

呼び捨てにしてみると、菜摘は、きゃぅとうれしそうな声をあげた。

芳樹の言葉が菜摘の身体まで喜ばせたらしい。膣口が充血してふわっと咲いた。陰唇の色が先ほどよりも濃くなっている。

薄濁りが膣口から漏れ、蜜穴を囲む唇を越えてとろりと会陰を伝う。

もったいない。芳樹はすぐに唇をとがらせる。

「あーん、お尻ぃ」

肛門にまで伝った絶頂の蜜を舐め取る。

すみれ色の色素が沈着した窄まりを囲んで、ひまわりの花びらみたいに皺が刻まれている。

前戯からにじみはじめる花蜜より、絶頂の蜜はずっと濃い。菜摘の体内の味だ。苦みと鉄の味が混じっている。

「あーん、ヘンタイのお兄ちゃんに、お尻ぺろぺろされて……はうう」

クンニリングスで感じるたびに括約筋が収縮していたらしく、舌が触れただけでひくんっと皺が縮む。

「んんっ、中学生になったウ×チの穴が生意気にぴくぴくして、舌が吸いこまれる」

花蜜まみれの肛門を執拗に舐めつづける。

「ひゃう、だめ、ヘンになる。お兄ちゃんに嫌われりゅうっ」

「嫌うもんか。穴の中までおいしくて……好きだ。ヘンになっちゃえっ」

思春期の繊細なこころと身体のエキスを搾るように、じゅるっと窄まりを吸引すると、菜摘は両手脚をじたじばさたさせて暴れる。

「は……あううっ、だめ……おおん、ああおっ、お尻で……イッちゃうからっ」

ぴくぴくと肛肉が痙攣し、膣口からねっとりと少女のシロップが流れ出す。

クンニリングスでエクスタシーを得たばかりで敏感なままの身体は、肛門への口唇愛撫だけで、ふたたび達してしまったのだ。

「はひ……ひどいよお。お尻できゅんきゅんしちゃうなんて」

泣き出しそうな瞳が、花蜜まみれの芳樹の顔を射すくめる。

性教育の授業や、小中学生向けの身体の悩みのサイトでは、アナル性感についての項目などないはずだ。

そもそも芳樹自身が、女性が肛門で感じるとは知らなかった。

菜摘の敏感すぎるかわいい排泄口がいけないのだ。

「お兄ちゃんのせいで、あたしまでヘンタイになっちゃった。責任を取って」

連続絶頂のよだれで汚した口を、長袖セーラー服の袖で隠してにらむ。

「わかったよ。じゃあ……責任を取って、将来は菜摘を僕のお嫁さんにする」

お嫁さんという単語を聞いただけで、菜摘の目がふわっと優しくなり、直後に顔が真っ赤になる。

「お兄ちゃんのばか。お尻をぺろぺろしてから、そんな大事なこと、言うなっ」

セーラー服の両袖で顔を覆ってじたばたしている。

なんという可憐な生き物だろう。

芳樹はふたたび少女の熱源に視線を落とす。

「あっ……自分で気がついてるかな。髪や身長だけじゃなく、ここも変わった」

メレンゲみたいにつるりとした恥丘に、目を凝らさないとわからない、絹糸のように細い毛が数本、一センチほどに育っていた。

「えっ、なに？」

片尻をついたM字開脚のまま、菜摘が背中を丸めて自分の下腹をのぞきこむ。

「菜摘の身体が大人になってるよ」

指で恥丘を撫で、細い毛をつまんで教える。

「うふ。エッチなことを教わったから……あたし、成長が早いんだよ」

大人の萌芽を知って、菜摘はうれしそうだ。

「同級生とか、もう生えてるのかな」

「知らないよ。同小《おなしょう》の子でも、そんな話、しないもの」

中学校に進んだばかりの唇から出る「オナ」という単語が刺激的だ。

「でも、ちょっと悔しいな。先にお兄ちゃんに生えてるのが見つかるなんて」

思春期の身体の変化は、自分で体感したいらしい。

「よし。ほかの場所も大人になったか、僕が探してやるよ」

パンティ以外脱いでいなかった制服少女を布団に押し倒す。

「きゃっ」

プリーツスカートのホックを外すと、菜摘が腰を浮かせてくれた。

「制服、おろしたばっかりだから、破いたら怒るよ」

「破らないために、すっぽんぽんにしてあげるんだ」

するりと制服スカートを脱がせた。

三カ月ぶりに見る、下腹のラインや腰のくびれが大人っぽく感じられる。

「上半身だけセーラー服、下はハイソックスだけってエッチだなあ」

「もう……いいから、皺になるでしょう。ちゃんと脱がせて」

お姉さん口調も新鮮だ。

長袖セーラーの胸もとから、蝶結《ちょうむす》びだった水色リボンを引き抜く。

そのまま裾を持ちあげようとするが、ウエストのあたりでひっかかる。

「セーラーって裾にファスナーがあるんだよ」

手間取る恋人の手をファスナーに導いた菜摘が妙にうれしそうだ。

「お兄ちゃんの中学も、高校も女子はセーラーだよね」

「そうだよ」

「よかった。じゃあ、あたし以外の女の子のセーラーを脱がせたことはないんだ」

菜摘はえいっとセーラー服を脱ぐ。

今は誰も住んでいない家の広い和室に、冬の太陽を浴びた若い肌の、青リンゴみたいにフレッシュな香りが拡がった。

しっとりと汗ばんで輝く、白磁みたいな胸もとにビー玉くらいのピンクのボールがふたつ、シルバーのチェーンで吊るされていた。

「あっ、それってヘアゴムの飾りだよね」

冬休みに、芳樹との思い出の品だと教えてくれた髪をツインテールに束ねるゴムの飾りを、ペンダントのように飾っているのだ。

「校則でアクセは禁止だけど、今日は特別。懐かしいでしょ」

トレードマークのヘアゴムには愛着があるのだ。片側をペンダント代わりにして、残る二個のボールも大切に持っているのだろう。

「えへ。ブラは買ったばっかりなんだよ」

中学生になりたてのなまいきボディを飾るのは淡いエメラルドグリーンのブラジャー。サイドベルトの幅が大きくて運動もしやすい、ジュニア向けだ。

カップは小さいけれど、ちゃんと胸はふくらんでいる。

「似合ってるよ。ブラジャーより、その中もおっぱいが好きだけど」

「お兄ちゃんはエッチだなあ」

けれど、その前に芳樹が見たい場所があった。

あお向けに寝た色白少女の左腕をつかんで持ちあげる。

連続絶頂で汗をかいていた腋が、にちっと粘る。

「ひゃん、すーすーするぅ」

腋のくぼみに顔を寄せる。

甘ずっぱい湿気が男を魅了する。芳樹の下着の中は先走りでぬるぬるだ。

「やっ、だめ。汗かいてるの。恥ずかしい」

つるつるの腋肌に舌を当てる。愛液よりも塩味が強くて味蕾を刺激する。

ブラジャーの峰にそって唇をスライドさせ、次は右腕のつけ根だ。

「あ……ここも、大人だよ」

不思議なことに右の腋のほうが汗がぐっしょりだ。

胡椒《こしょう》みたいにぴりっとした匂いが鼻をくすぐる。

濡れ光る腋に、陰毛よりも短くて見つけにくい繊毛が数本生えていた。

第二次性徴のまっただなかにある、貴重な毛だ。

「えっ、なに？」

菜摘が不安そうにまばたきする。

「僕の腋にキスしながら、早くあたしにも生えてこないかな、って言ってただろ。ほら、望みどおり菜摘の腋にも生えてきたよ」

「ええ……気がつかなかった」

「じゃあ……オマ×コの毛も、腋の毛も、僕が最初の発見者だ」

汗で腋肌に貼りついていた細毛を唇で挟んで軽くひっぱる。

生えたての毛を舌でしごく。塩味に苦みが混じっていた。

「いやあ……お兄ちゃん、ヘンタイがパワーアップしてるよぉ」

腋汗をぺろぺろ舐めると、菜摘の両手が芳樹の髪をくしゃくしゃにする。

「腋がいやなら……おっぱいを舐めるのは？」

芳樹が意地悪く質問すると、菜摘は知らない、と言いたげにつんと横を向く。

「菜摘も僕みたいにヘンタイになりたいなら、裸になって」

「……うう」

視線を芳樹からそらして、口を不満げに結んだまま手を後ろにまわす。

「……ネットで読んだの。恋人に揉まれると大きくなるって」

「中学生になったから、エッチな単語を検索してるんだ」

「知らないっ」

新品のブラジャーだからか、あるいは子供用のカップつきインナーに慣れていたせいか、背中のホックを外すのに手間取っている姿が愛らしい。

はらりとブラジャーが落ちる。

手のひらサイズのロリータバストがぷるんと姿を現す。

恋人の愛撫を待ち受けていた乳輪は小さいながらもぷっくりとふくらんで、さくらんぼの種ほどの乳首も一生懸命でとがっている。

「ああっ、ずっと見たかったおっぱいだ……」

スマホの画面を埋めるメッセージよりも、何倍も魅力的な低い丘にしゃぶりつく。

舌先に小粒な突起が当たる。

「くうっ、おいしい。先がこりこりしてる」

「は……あんっ、赤ちゃんみたい」

小粒乳首に吸いついた芳樹の頭を撫でる菜摘は、少しだけママの顔だ。

菜摘だけを裸にしておくのは失礼だ。芳樹も急いで服を脱ぐ。

菜摘の制服と違って、こちらは破れたって構うものかという勢いで全裸になった。

「わ……高校生になるとおチ×チン、大きくなるの？」

菜摘が目を丸くする。

少女が目にしたのは、三カ月ぶりの再会を待ちかねていた高校一年生の牡肉だ。限界まで膨張した赤銅色の肉幹にはツタのように血管が這い、鼓動に合わせて、びくっ、びくっと跳ねている。

先走りでぬらぬらと光る男の王冠が、もうがまんできないと震える。

最愛の少女と深くつながりたい。ひとつになりたい。獰猛《どうもう》な牡肉が頭を振りまわして菜摘に訴える。

芳樹が口に出す前に、菜摘がゆっくりと脚を開いた。

黒いハイソックスのつま先が丸まっている。

「……挿れて。おチ×チンで……かきまぜて」

吐息まじりの懇願だけで、射精してしまいそうだ。

3

肉槍の穂先を指で下に向けようとしても、鋼のように硬くなった幹がなかなかいうことを聞かない。

「あーん、お兄ちゃん、早くぅ」

細い腕が芳樹のわき腹を滑って挿入を誘う。

「くう……チ×ポがガチガチで……折れそうだよ」

脚を開いて待ち受ける菜摘の陰裂に、ようやく亀頭を当てる。

温かな花蜜がぬるりと穂先にからむ。

「は……ああんっ、そこ……びりってくるぅ」

勃起をようやく触れさせた場所は、偶然にも敏感な雛尖だった。

先走りと花蜜のミックスローションにまみれた開き気味の鈴口に、小粒なクリトリスが当たっていた。

「ひゃんっ、おチ×チンで、とんがってるとこ、つんつんされて……あひいっ」

芳樹の尿道口を女性器に見たてて、菜摘の陰核が男性器になって挿入されているように錯覚してしまう。

「くうぅ、菜摘のとんがりで、チ×ポを犯されてるみたいだ」

「あふ、お兄ちゃんのとろとろが出てきて……ヘンな感じだけど……続けてぇ」

陰核に先走りをまぶされた菜摘が目を大きく開く。

男にとっても、極小の柔らかなくちばしで尿道口をつつかれる、不思議な快感が新鮮だ。添えた手で、小刻みな尿道口愛撫を続ける。

「んっ、んっ、あん……っ、お兄ちゃん、これ……好き」

ひらべったい下腹が小さな臍を中心にきゅうっとへこむ。

陰核への集中攻撃が効いているようだ。

天井を見あげた目がとろんとしている。

ピンクの唇が半開きになり、唾液まみれの舌がくねっている。

「は……ああっ、お尻が動いちゃう。あーん、あたし、ヘンタイだよぉ」

細い腰が、微弱な電流を通されているかのように振動をはじめる。

菜摘の意志ではコントロールできない、本能の性感ダンスだ。

「あううっ、クリトリスがチ×ポを撫でて……はううぅ、気持ちいいっ」

きわめて敏感な尿道口を、小粒突起のバイブレーションが襲う。

射精には直結しないが、しびれるような快感だ。

あお向けの菜摘を抱いたまま、互いの突起を擦りつけ合う。

雛尖と亀頭はどちらも骨がなく、皮膚が柔らかい。ふたりの敏感な部位が溶ける。

「はーん、あふ、お兄ちゃん……あーん、おっぱい吸って。いじめてっ」

菜摘の腕で乳房に呼ばれる。

小皿みたいな乳房を、最初は裾野からゆっくりと吸う。

冬休みにはとても硬く感じた思春期バストが、芳樹の唇でたやすく形を変える。

「おっぱいが柔らかい。ここも大人になってるんだ」

「あ……ん。お兄ちゃんが……揉んでくれたからだよ、きっと……」

菜摘は半熟バストを誇るように芳樹の顔に押しつける。

清らかな妖精が子供から大人に育っていく。この短い時期の変化を知っているのは自分だけだ。

芳樹は唇を乳肌に沈めながら徐々に乳首に向かって登っていく。

同時に鈴口でのクリトリス愛撫も忘れない。

「ひゃんっ、おっぱいも、して。ちゅうちゅう吸って。あたし……あたし、もう……イキたい。イキたくてうずうずするのっ」

菜摘が濡れた唇で懇願する。

ぷりっとせり出した充血乳首を唇で挟むと、ちゅっと吸ってやる。

「は……ひゃふう、いい。あーん、気持ちいいっ」

クリトリスと乳首のダブル愛撫に菜摘が首を振って悶える。

唇をとがらせて、乳頭を舌で撫でる。ときには軽く前歯を当てる。

尿道口で陰核を潰す。敏感な宝石を男の粘膜で包んでやる。

「は……あおおおっ、イッちゃう。あーん、イッちゃうよぉっ」

びくびくと全身を震わせて菜摘が絶叫する。

清らかな天使が淫欲に負けた瞬間だ。

じゅっ、ちゅっと絶頂の蜜が膣口から噴くのがわかる。

「は……ひ……あ……お兄ひゃん……ああん、遠いよぉ……行かないで」

焦点の定まらない瞳でキスを求める。

「どこにも行かないよ。ここにいる」

芳樹が唇を重ねると、菜摘は、ふわぁと安心したように深呼吸する。

三カ月会わないうちに、菜摘の身体はすっかり育っていた。

きっと自慰でも性感を開発していたのだろう。

「お兄ちゃん、もっと、あたしで……出して」

黒いハイソックスの脚が芳樹の腰に絡み、引きよせる。

中学一年生なのに、処女を失って三カ月なのに、まるで淫らな大人の女みたいに芳樹を誘っている。

けれど、その脚は緊張している。

「ああ……めちゃくちゃにしてやるっ」

芳樹は少女に挑みかかった。

陰核に当てていた肉茎をぐいっと下に向ける。

にちゅっ。

花蜜に満ちた姫口に亀頭が触れた。

「あっ、あ……そこ、つながるところ……」

切なげに目を細め、結合部を見つめている。

ず……ずずっ。

肉茎がゆっくりと菜摘に押し入っていく。

「お……ああ」

肉槍を、じぷ、じぷと花蜜を泡立てながら沈ませる。

「んっ、あ……おチ×チン、硬いね」

「菜摘のオマ×コがきついんだよ」

肉感の反り返りで膣襞を一枚ずつめくるたびに、新しい快感が見つかる。

「は……あっ、中が……すごく、敏感になってる」

冬休みのあいだに、処女と童貞のキスから初体験、そして放尿プレイに野外セックス……と一気に経験を積んだ身体は、三カ月の待ちぼうけのあいだに男根に貫かれて悦ぶように変わっている。

「わかるよ。チ×ポを動かすたびに、エッチな液がじゅぷじゅぷ漏れてくる。それに……ううっ、オマ×コにしごかれてるみたいだ」

「ひゃ……う、わかんないよ。あたしの中……お兄ちゃんにぴったりになってて」

少女の背中が弧を描き、無意識に腰を振るようになった。

「菜摘はオマ×コの、ざらっとしたところをずんずんされるのが好きだよね」

膣道の半ばにある狭隘な場所を集中して亀頭冠で擦る。

「はひ……ああん。そこ……びくびくしちゃう。お兄ちゃん……あたしのこと、ヘンにしてる。ひどい。悪い子になっちゃう」

眉根を寄せて芳樹を責める。

性体験を一気に積んだ冬休みから、三カ月のブランクを経て、芳樹は菜摘の身体に詳しくなっている。

膣道の上側、膀胱の裏側を反り返った肉槍で突くのが特に感じるらしい。

もっとおかしくさせてやりたい。

菜摘の身体を支配したい。

脚を束ねて持ちあげる。芳樹の眼前に二本の脚を揃える屈曲位だ。

「は……あんっ、どうするの」

菜摘の脚はまだ子供っぽくて細い。第二次性徴を迎えて、これから大人の肉づきになるのだろう。少女と大人の端境期にある肉体の、危うい魅力がつまっている。

左右の丸くてすべすべの膝を合わせると、太ももとふくらはぎのあいだに、それぞれすきまができる。

挿入したまま芳樹が体重をかけると、柔軟な身体が、つの字に曲がる。斜め上に膣口を向けた体勢だ。

脚を閉じているから菜摘に負担がかからず、思いきり突ける。

「やん、このつながりかた……はじめて」

ふくらはぎのすきまから、菜摘の大きな瞳がのぞく。

「菜摘の好きなところ、たくさん擦ってあげる」

斜め上から、L字にした少女を突く。

目の前には黒のハイソックスを履いた脚がある。

靴下の底は白く汚れていた。

ふだんは誰も住んでいないこの家には、スリッパすら用意していない。床には埃がたまっている。

足裏のアーチに頬ずりしながらずんと突く。

「えっ……あん、いや、だめ。靴下だめっ」

ソックスの生地が、じっとりと濡れていた。

芳樹を迎えるために、前の日からケーキを作り、会えたらすぐにエッチなことをされるだろうと期待して体温があがっていたはずだ。

つんと刺激的な女子中学生エキスをたっぷりと吸った靴下のつま先を咥えて、するりと引き抜く。

「ふぁっ、だめだってばあ。足、いやああっ」

汗ばんだ靴下を脱がされる菜摘がいやがっても、屈曲位で両脚は芳樹に抱かれているから逃げられない。

「ああ……菜摘の足、かわいいいっ」

ケーキの飾りに使う、砂糖細工みたいな五本の指。爪は丸くて小さい。色ガラスみたいにピンク色に輝いている。

「お兄ちゃんのヘンタイ……ああっ、ごりごり、だめぇ」

足の指を観察される恥ずかしさに、きゅっとつま先が丸くなるのを見て、思わず激しく抽送してしまった。

丸く縮こまったつま先は小さい。子供の足だ。

芳樹は大きく口を開いて、つま先を咥えた。

「ふひ……はうう、いやあっ、足なんかぺろぺろしたら……汚いよぉ」

いやがってじたばた暴れる動きが結合部に響くと、亀頭が擦れて快感がわく。

「い、いや……いや。汚い女の子だってお兄ちゃんに嫌われちゃう」

ぎゅっと握った両手で、真っ赤になった顔を隠している。

もっと恥ずかしがらせたい。

にちゅっ、ぬちゃっと指の股に舌をねじこむ。

「ああ……菜摘の味、おいしいよっ」

新陳代謝がもっとも激しい時期だ。指のあいだは蒸されて、少女のエッセンスが凝縮されていた。

冷えたステーキの肉汁みたいに、塩味と脂の旨《うま》みが舌に絡む。

つんと酸っぱい、とがった美少女フレーバーがストレートに口中から鼻腔へと抜けていく。

「ひ……ひいん、だめだってばあ……んんっ」

いくら抵抗しても、足の指をフェラチオみたいにぺろぺろ舐め、舌先で指の谷間をほじってやれば、菜摘の下半身から力が抜ける。

片方の足を堪能したら、反対の足。

つま先をたっぷりとかじられる恥ずかしさに、緊張の汗を分泌していたから、さらに味は濃厚だ。

「ひどいよぉ……ぺろぺろしながら、ふわっ、だめ。中もぐりぐりぃ」

舌で足を舐められた菜摘は、しゃべりかたまでとろけてしまう。

「ああっ、だって……菜摘の中が締めてくるから……ううっ、たまらないっ」

親指から小指まで、丹念にしゃぶりながらも、芳樹は腰の律動を止めない。

じゅちゅっ、じゅくっ。

膣口の近くはさらさらとした花蜜で満たされている。抽送のたびに泡立ち、かわいい水音が漏れる。

子宮口に迫る、熱いエリアの蜜はねっとりとして水音は重い。

ストロークに合わせて蜜混ぜのコーラスが聞こえる。

「いやあ……エッチな音、嫌いっ」

菜摘が両手で耳をふさごうとする。

「だめだよ。ちゃんとオマ×コの音を聞くんだ」

「だって、こんなにくちゅくちゅ濡れるの……ヘンタイの女の子だけだよぉ」

淫蜜分泌が止まらないのだ。自分ではコントロールできない身体の反応が恥ずかしくて、菜摘は泣きそうだ。

「そうだよ。僕と菜摘はヘンタイの仲間なんだ。だから……ちゃんと聞けないなら、ペナルティだ」

芳樹は手を伸ばして、布団のわきに積まれた、脱いだままの菜摘の制服の山から水色のリボンを選ぶ。シルクのように滑らかな手触りだ。

屈曲位から足を開かせた正常位へ。

菜摘の両腕をつかんで、バンザイのポーズを強制する。

「ふああっ、きゃんっ、腋……だめだってば」

いくら焦っても、つま先フェラと連動した抽送でしびれた少女の身体は、人形みたいになすがままだ。

揃えて伸ばした両手首を、水色のリボンできゅっと縛れば、もう動かせない。

「はひ……お兄ちゃん、あひゅうぅ……」

芳樹は覆いかぶさるように、V字に大きく開いた脚の中心に肉槍を打ちこむ。

「ひ……あああっ、深いとこ、ごりごり……んはあっ」

こつんと最奥にぶつかるまで肉茎を沈めれば、もう菜摘は逃げられない。

男の楔《くさび》で拘束された少女の乳房に手を伸ばす。

「ああん、だめ。いまおっぱいしたら……イッちゃう」

長い黒髪を布団の上に散らした少女が、頭を左右に振る。

ペンダントのように吊るしたピンクのボールが鎖骨のくぼみで転がる。

「いつでもイッって。菜摘がイクときの顔、大好きなんだ」

あお向けだと小さなパンケーキくらいの乳房に手を添える。強く揉むのではなく、小鳥をかわいがるように優しい愛撫が好みだと知っている。

「んっ、おっぱいをなでられるの、好き。お兄ちゃんも気持ちいい？」

「もちろん。僕のチ×ポは、菜摘のオマ×コ専用だから……ぴったりで、動かすたびに感じるよ」

膣奥で待っている子宮口に鈴口が触れた。

少女の神殿の扉をこつこつと穂先でノックする。

「はっ、あ、おチ×チンがおなかの奥まで届いてるぅ」

まだ十二歳の胸囲は小さい。充血してぷっくりふくらんだ乳首を親指でくすぐり、同時に小指と薬指で腋をごく軽くひっかく。

「ひゃっ、ふやっ、あーん、ヘンになっちゃうっ」

右の腋にだけ生えた細い毛が揺れるのが指先でわかる。

一日ずつ、少女は大人になっていく。それを見届けたい。

「うう……菜摘、大好きだよ。ずっといっしょにいたい」

抽送のペースがあがるにつれて花蜜が濃くなり、ずちゅっ、ずちゅんと淫らな音がふたりの結び目から漏れる。

「ああん、お兄ちゃん……うれしい。あたしも……いっしょ。大好き。はああっ」

きっとこれから恥毛もしっかりと広くなり、乳房やお尻も育つのだろう。

もしかしたら健康的に太ったり、脚が太くて悩んだりするかもしれない。それでも構わない。

ふたりの生活でもいいし、子供ができたら、きっと菜摘に似て素直でかわいい子供だろう。やがて芳樹の両親みたいに、白髪や肩こりに悩む年齢になってもいっしょに暮らしたい。十五歳の脳裏に未来が思い浮かぶ。

「ああ……すごいの。お兄ちゃん、イッちゃう。おねがい、いっしょにイッて」

このかわいらしくて無防備な天使と、人生をともにしたい。

「菜摘……くうっ、いっしょだ。いっしょにイクんだっ」

悶える裸体に重なって、芳樹は誓いのキスをする。

菜摘の唇がうれしそうに開き、柔らかな舌が出迎えてくれる。

「んん……お兄ひゃん、好き。ひゅきぃ……っ」

互いの舌をからめ、前後に動かす。温かな唾液が菜摘の唇の端から垂れる。

膣道に埋まった肉茎と、菜摘の口に挿入した舌は同じ動きだ。

「おひゅ、ひゃうぅ、イっひゃう。お兄ひゃん、大ひゅきぃっ」

にちゅっ、くちゅっ。

少女のふたつの穴から水音があふれてシンクロする。

「あううっ、菜摘……僕もイクよっ」

息継ぎのために唇を離すと、つうっと唾液の糸が橋になる。

亀頭全体が快楽の塊になったようだ。

反った肉棹が菜摘の膣道を歪《ゆが》ませて、ぞりぞりと悦の襞を撫でる。

「はううっ、はひ……だめ。あーん、おチ×チン、熱いっ」

ずんっと深く突く。

すでに最奥にある神殿の扉は開いていた。精を受け止める準備だ。

「ああっ、イッちゃう。お兄ちゃん、あたし……イクぅっ」

子宮口が鈴口に吸いつく。

「くううっ、イクよ。出す……受け止めてっ」

亀頭の接合部で生まれた強烈な快感が、びりびりと肉棹を伝い、下腹の芯で爆発が起こった。

愛情がこってりとつまった濃厚な牡液が、太幹をぐぐり抜けていく。

「菜摘……大好きだ。ずっといっしょにいようっ」

どく……どっぷ、どぷうぅっ。

花蜜のトンネルを、白い弾丸列車が走り抜ける。

清らかでこりこりした終着駅に向かって、濃厚な牡の燃料を噴きつける。

「あふ……ああう、お兄ちゃんの精子、どぴゅうってかけられてる。あーん、幸せだよぉ……はああっ、だめ、また……イッちゃうぅ」

子宮口にほとばしりを受け止め、菜摘は髪を振り乱してエクスタシーの海を泳ぐ。

人魚のように身体をくねらせ、唇を震わせる姿を見ると、いちどは終わったはずの射精がふたたびはじまる。

どくっ、どくりと菜摘の中を精液でいっぱいに満たしてやる。

「うう……菜摘、僕も幸せだよ……」

快感の嵐が吹き荒れてから、ようやく呼吸が落ち着いた。

まだふたりは結合したままだ。

「は……あん、お兄ちゃん……」

芳樹の下敷きになった菜摘の胸が上下している。

顔を寄せて唇を重ねようとすると、菜摘がためらった。

「えっ、キス……しちゃだめなのか」

菜摘は左右に目を泳がせる。

小さな手が下から伸びて、芳樹の耳を撫でる。

「だって、三年生のとき……はじめてキスしたら、それからずっと、お兄ちゃんに会えなかった。とっても、寂しくて」

菜摘の唇が小鳥のくちばしみたいにとがる。

キスしたいけれどできない。そんな口だ。

「もしまたキスしちゃったら……お兄ちゃんにまた、会えなくなる気がして」

「まさか。そんなことないよ」

夜行バスだったら、電車よりもはるかに安くこの街に来られる。

それに、まだ菜摘には内緒だが、この近くで親戚が営む画材店が、ゴールデンウイークに泊りがけでアルバイトをしてくれと頼んできた。もちろん、引き受けたところだ。

「来月にだってまた来る。この家もきれいにして、菜摘がいつでも遊びに来られるようにするよ」

「ほんとう？」

瞳がきらきら輝いている。

「だったら……あたしのお小遣いも足して、ほしいものがあるの」

「なんだろう。言ってみて」

えへへ、とはにかんで菜摘が芳樹の胸に頭をぐりぐり擦りつける。この黒髪の子猫が甘えるときのポーズだ。

「お布団。広いやつ。いっしょに……ぬくぬくしたい」

芳樹がうなずくと、真下からイルカのジャンプみたいなキスが襲ってきた。

4

最後の一滴まで放精を終えた肉茎を、ゆっくりと引き抜く。

「ん……あっ、ヘンなの。おチ×チンが入ってるのが普通で、抜けるとなんか……身体の部品が足りなくなるみたい」

菜摘がくすくす笑う。

にゅぷっ。

亀頭が抜けても、バラ色の姫口が咲いたままだ。

膣口からとろりと濃厚な白濁液がこぼれた。

ふだんから十五歳の射精は大量だ。しかも、三カ月ぶりの生セックス。

(しまった。この部屋にはティッシュがないんだ)

冬休み、はじめてこの部屋の掘りごたつで、菜摘の手しごき射精を経験したときにも焦ったのを思い出す。そのときは菜摘が脱ぎたての女児ショーツで拭いてくれた。

こぽ……こぽり。

膣道の奥から、男女の液がミックスになってあふれてくる。

「あん……出てるぅ」

ロリータの縦溝を、男のシロップがSFアニメのスライムみたいにゆっくりと伝って、すみれ色の肛門にまで届きそうだ。

清らかな渓谷を牡の獣が荒らしまわったあとみたいに、背徳的な光景だ。

「待って。すぐにティッシュを取ってくる」

芳樹が立ちあがると、菜摘は上体を起こして首を横に振った。

「だいじょうぶだよ、お兄ちゃん」

菜摘の指がスキーの動きのように下腹を滑り降りると、自分の幼裂に沈んだ。

指がゆっくりと上下している。

小学校を見おろす公園で自慰を見せあったときの、指の動きを思い出す。

中指と薬指を曲げて、姫口からこぼれた新鮮な精液をすくう。

「うふ……たっぷりだね……」

菜摘は感心したようにうなずくと、二本の指をぱくりと咥えた。

「ああっ、菜摘、そんな……汚いよ」

芳樹がとめても、首を横に振って唇の端で笑ってみせる。

ちゅぷ、ちゅるっと音をたてて指をしゃぶると、ふたたび恥裂に指を運ぶ。

今度は膣口に中指を挿れてゆっくりかきまわす。

「ううっ、すごくいやらしいよ、菜摘……」

白濁でコーティングされた指を、濡れた唇から伸ばした舌になすりつける。

ちゅく……こくん。

自分の膣内に放たれた精液を味わっている中学一年生の美少女の姿に、芳樹はまばたきをするのも忘れた。

「ん……ふ。前に、お口に出してもらったときと違う味。あたしの味も……まざってるみたい。苦いなあ」

指を舐めながら斜め上に目を向けている。

寝起きの芳樹を襲って、早朝の精液搾りをした日を思い出しているようだ。

喉を鳴らして膣内射精の牡液を飲みほすと、ぷはあっとため息を漏らす。

「うう、エッチな子になっちゃったなあ」

もちろん、それは褒め言葉だ。

「えへへ。まだだよ。もっと……」

菜摘は布団の上に這うと、立ったまま飲精少女を凝視していた芳樹の下半身に顔を寄せる。

「うふ。もっとエッチな女の子になっちゃう」

あーん、と口をあけると、硬さを失ってうなだれている肉茎に、下からしゃぶりついた。

「あうぅ、菜摘……そんなっ」

射精したあとの男性器は冷たくなって敏感だ。

温かい十二歳の口中で、柔らかくなった亀頭が転がされる。

「あううっ、舌でぺろぺろしたら……はふうっ」

興奮状態のフェラチオとは違う、しびれるようなくすぐったさに腰の力が抜ける。

「んふ……んっ、おチ×チンにもあたしの味……」

ちゅっぱ、ちゅぷっと音をたてて唾液をまぶし、粘りつく男女の濃厚汁を溶かしてはゆっくりと味わい、飲みこんでいく。

急角度で天を向く勃起をしゃぶるとき、芳樹からは顔がよく見えない。

けれど、だらんと垂れた肉茎を舐めている今は、菜摘の表情が陰毛越しにはっきりとわかる。

うっとりと目を細め、頬をくぼませて射精の痕跡を吸う姿は、セックスの最中よりも刺激的だった。

顔の前に垂れた長い髪を手でかきあげる仕草もたまらない。

真っ赤になった耳を黒髪が飾る。小さくて複雑な耳の溝のひとつひとつまで、なんと美しいのだろう。

「ああ……菜摘、あの小さな女の子が僕のチ×ポをおいしそうに……夢みたいだ」

身体の熱が奪われるほどの射精をしたばかりだというのに、肉茎に血液が流れこみ、肉棹の根が脈動する。

「あっ、待って」

菜摘が口を離す。

ピンクの唇と亀頭をつないだ透明な糸が伸び、やがてぷつんと切れて、チェーンで首にかけたピンクのボールに落ちる。

精液と花蜜で白く染まっていた肉幹は、十二歳の唾液で根元まで光っている。

「うふ。お兄ちゃんにプレゼントがあるんだ」

菜摘は布団のわきに重なっていた制服に手を伸ばす。

プリーツスカートのポケットからなにかを取り出した。

「大きくなってるときは……つけられないから」

手のひらに乗せて示したのは、ピンクのボールがふたつついたヘアゴムだった。

片方は菜摘がチェーンに通してペンダントにしている。思い出のアイテムだ。

ツインテールにしていた小学校時代の姿と、今のストレートのロングヘア、どちらも芳樹にとってはいとおしい。

「ふふ。細いときは……飾れるね」

「ええっ、ちょっと待って。なにを」

柔らかくなった肉茎をつまむと、菜摘はそのヘアゴムを棹の根元にくるりとまわしてボールに引っかけてしまったのだ。

「あっ、かわいい」

茂みに半ば埋まったピンクのボールに目を輝かせる。

髪用のゴムひもとはいえ、肉棹には食いこむ。

「ちょっと……菜摘、どうするんだよ、これ」

「会えないときに……もしエッチしたくなったら、これをつけておチ×チンを落ち着かせるんだよ」

平常時ですら軽く締めつけられるのだ。

勃起していたらゴムに絞められて苦しいだろう。

「そんな、無茶な」

「だって、会えないあいだ、お兄ちゃんがオナニーしてるの、いやだもん」

天使だったはずの菜摘が、ピンクの拘束具を指ではじく。

「ううっ、そんなの……無理だよっ」

「ふーん。あたしとするより、自分の手がいいの？」

うなだれた肉茎越しに芳樹を見あげる瞳が妖しく輝いている。

「それなら、あたしと会ってるときも、お兄ちゃんは自分の手で出すんだよ」

小悪魔になった少女からの、言葉の波状攻撃だ。

「うう……なんでいじめるんだよっ」

「楽しいから」

二重の大きな目に、少しずつ力を取り戻す肉茎が映っている。

「どれだけ苦しいか、実験してみようよ」

菜摘の手が陰嚢をかりかりとひっかく。

「あううっ、ああ……気持ちいいっ」

「えへ。お兄ちゃんのおチ×チンは、あたし専用なんでしょ。だから……」

イチゴ色の舌が尿道口に触れた。

びくんっ。

肉茎がみるみる育っていく。ヘアゴムが食いこむ。

「かってに使ったら、許さないんだから」

天使の視線に射抜かれて、芳樹はこくこくとうなずくしかなかった。

はだかの好奇心《こうきしん》 幼《おさな》なじみとのエッチな冬休《ふゆやす》み

二〇二三年 二月 十日 初版発行

著者◉綿引海【わたびき・うみ】

発行◉マドンナ社
発売◉二見書房
東京都千代田区神田三崎町二‐一八‐一一
電話 〇三‐三五一五‐二三一一（代表）
郵便振替 〇〇一七〇‐四‐二六三九

印刷◉株式会社堀内印刷所 製本◉株式会社村上製本所 落丁・乱丁本はお取替えいたします。定価は、カバーに表示してあります。

ISBN978-4-576-23003-0 ◉ Printed in Japan ◉ ©U. Watabiki 2023